HAYMON taschenbuch 183

Vorarlberg
unser Land

Gedruckt mit freundlicher Unterstützung durch das
Amt der Voralberger Landesregierung

MIX
Papier aus verantwortungsvollen Quellen
FSC® C017859

Auflage:
4 3 2 1
2018 2017 2016 2015

HAYMON tb 183

Originalausgabe

www.haymonverlag.at

ISBN 978-3-7099-7806-1

Umschlag- und Buchgestaltung nach Entwürfen von
hœretzeder grafische gestaltung, Scheffau/Tirol
Umschlag: Eisele Grafik·Design, München
Satz: Da-TeX Gerd Blumenstein, Leipzig
Covermotiv: Holzschindeln: bigstock.com/PiLens;
Bettwäsche: bigstock.com/HappyAlex; Geweih: bigstock.com/adv;
Fenster: bigstock.com/numismarty
Autorenfoto: privat

Gedruckt auf umweltfreundlichem,
chlor- und säurefrei gebleichtem Papier.

Peter Natter

Mord unterm Hirschgeweih

Inspektor Ibeles wildester Fall

Peter Natter

Mord unterm Hirschgeweih

In großer Dankbarkeit meiner Mutter gewidmet

DER ERSTE: Leben?
DER ZWEITE: Vegetieren.
DER DRITTE: Krepieren.
Friedrich Dürrenmatt, Der Besuch der alten Dame

Ich beschreibe da einen Typus, und das ist ein Typus, der viel Unglück anrichtet, nämlich einen Typus mit so 'ner geraden Lebenslaufbahn. Das sind unvorstellbare Biografien.
Klaus Wagenbach

An welchem Punkt hört das Tier in uns auf, und an welchem Punkt fängt der Mensch in uns an?
Friedrich Nietzsche

Es gibt wenig, was unsichtbarer wäre als Denkmäler.
Wolfgang Herrndorf

I.

Erster Tag. Dienstag, 14. April 2015 am Heilandskogel oberhalb von Silberberg und St. Bartholomäi, zwei winzigen Dörfern, am engen Talgrund das eine, am steilen Berghang das andere

Leider aber hängt das Atmenkönnen
nicht allein von der Luft ab.
Marcel Proust

Die Nacht ist klar und frostig und still. Eine leuchtende Mondsichel wandert über das Firmament. Nur der Wald ist tiefschwarz, der Wald, der sich über die steilen Hänge dem Grat zu ausbreitet, hinter dem er ins Radonatal abfällt. Im Süden zeichnet sich jeder einzelne der schneebedeckten Berggipfel wie Porzellan schimmernd vor dem Horizont ab. Eine schöne Nacht, wie gemacht für romantische Waldgänge. Weit drunten im Tal funkelt ein schmales Band von Lichtern entlang der Hauptstraße und der Bahnlinie. Im Dorf ist es fast vollständig dunkel, nur ein paar Straßenlaternen sind auszumachen. Ohne Rücksicht auf knackende Äste und raschelndes Laub, scheinbar ohne jede Angst vor möglichen Begegnungen, steigt ein Wanderer von kräftiger Gestalt vom Grat abwärts. Noch sieht er nicht, wer ihm von unten entgegenkommt. Er braucht es auch nicht zu sehen – er weiß es. So bewegen sich zu dieser nächtlichen Stunde, in der sich die Geister bereits wieder zurückgezogen haben, der neue Morgen aber noch fern ist, zwei Männer aus unterschiedlichen Richtungen auf ein vereinbartes Ziel zu. In zwei Stunden, um drei Uhr morgens, wollen sie vor einem zerfallenen Stadel auf einer größeren Lichtung mitten im Muttwald aufeinandertreffen. Schon am helllichten Tag möchte man dort lieber niemandem über den Weg laufen, den man nicht kennt.

Von unten, aus St. Bartholomäi, steigt der Zweite etwas kurzatmig auf. Wenn er auch nicht gerade das Geschäft seines Lebens wittert, eine gewisse verhängnisvolle Lüsternheit beseelt ihn dennoch. Die von lange unterdrücktem Zorn und tiefer Zerrissenheit kündenden Gesichtszüge verzerrt die Anstrengung zusätzlich. Ab und zu bleibt er stehen und wischt sich mit dem Ärmel der dicken Jacke den Schweiß von der Stirn. Eine bösartige Rachsucht drückt sich in derben, leise vor sich hingemurmelten Flüchen aus.

Der von oben Kommende, ein noch nicht Sechzigjähriger, erreicht die Hütte zuerst, eine knappe Stunde vor der vereinbarten Zeit. Er verstaut seinen Rucksack im Heu, nicht ohne ihm vorher ein schweres Jagdgewehr mit starkem Zielfernrohr zu entnehmen, das er sorgfältig zusammenbaut und lädt. Zuletzt schraubt er einen mächtigen Kolben an den Lauf, einen Schalldämpfer, der das Wild in Sicherheit wiegen soll. Im Schatten der Hütte sucht er sich einen Platz, von dem aus er den andern gut sehen kann, sobald der den Schutz des Waldes verlässt. Ein Stück weiter rechts stürzt der Rellsbach als tosender Wasserfall talwärts, den die schmelzenden Schneefelder in den Bergen mit eisigem Wasser speisen. Über Dutzende Meter stürzt die Flut senkrecht in die Tiefe, bevor sie sich in einem Kessel sammelt und von dort ihren Weg ins Tal nimmt. Das mächtige Rauschen schluckt jedes Geräusch, selbst ein Schuss wird darin mühelos untergehen. Er soll nur kommen und vorerst seinen Willen haben, der Blödmann. Soll er ruhig glauben, man gebe klein bei, man ziehe den Schwanz ein. Soll er sein Geld haben vorerst, seinen Judaslohn: Glück wird ihm der keines bringen. Es ist nicht die erste Schlinge, aus der der Wartende seinen Hals zu ziehen vorhat, abgerechnet wird bekanntlich am St. Kathrinentag, und der kommt womöglich früher, als so ein Schlaumeier glaubt.

Selbst wenn er eine Ahnung davon hätte, sich seit Minuten im Visier einer großkalibrigen Waffe zu bewegen, könnte das Vonderleus Unverwundbarkeitsfantasien, seiner wilden Entschlossenheit nichts anhaben. Als hätte er ganz ohne störendes Lindenblatt in Drachenblut gebadet, tritt er auf die Muttwald-Lichtung und geht nach einem ausgiebigen Rundumblick auf den alten Stadel zu, in dessen Schatten er einen Gewehrlauf blitzen sehen könnte, wenn nicht seine verdammte Überheblichkeit wäre. Nur der Griff seiner Faust schließt sich fester um sein altes, kampferprobtes Taschenmesser. Im Wasserfall bricht sich das Mondlicht. Sein Tosen übertönt die weiter halblaut gemurmelten Schimpftiraden des Bauern. Das Wasser skandiert einen ewig gleichen Rhythmus, der gleichwohl anzuschwellen scheint wie Bocksgesang. Jedes andere Geräusch schluckt der feuchte Wiesenboden. Als Vonderleu um die Ecke des hinfälligen Gebäudes späht, stehen sich die beiden zu allem entschlossenen Männer mit versteinerten Mienen Aug' in Auge gegenüber. Das heißt, Vonderleu blickt in einen Gewehrlauf, der sich ihm beinah in die Stirn rammt. Das war nicht abgemacht, du Lumpenhund!

„Lass doch den Blödsinn, du Depp, und gib den Zaster her!“, gibt sich Vonderleu kaltblütig und schiebt den Gewehrlauf zur Seite.

„Eigentlich sollte ich dich einfach abknallen, du Hundling, statt dir Geld zu geben“, kontert der andere.

„Erstens ist es eh nicht deines und zweitens weißt du genau, dass du ohne mich nie an deinen Maharadschaschatzersatz kommst." Es ist eine heikle Gratwanderung, die Vonderleu in Angriff nimmt, denn sein Gegenüber ist schwer zu taxieren. Dass der Kerl schon lange nichts mehr zu verlieren hat, macht die Sache nicht einfacher. Als er sich anschickt, in seinem Rucksack herumzukramen, schließt sich Vonderleus Faust noch fester um den Griff des Messers. Doch der finstere Geselle befördert ein fest verschnürtes Bündel Banknoten zutage.

„An was soll ich nicht kommen? Was redest denn für einen Quatsch daher! Lass mich nur in Frieden mit dem Maharadscha-Zeug. Der Besenböck liegt mir schon genug in den Ohren damit. Weil's der nötig hat. Ihr könnt mir bald alle den Buckel runterrutschen! Nimm das Geld und hau ab!"

„Wie viel ist es?"

„Wie viel soll es sein? 25.000, wie abgemacht. Du kannst von Glück reden, wenn ich es mir nicht noch schnell anders überlege! Ich weiß nämlich nicht, warum du dir das nicht selbst geholt hast."

„Natürlich weißt du es: Weil der Besenböck so schon misstrauisch genug ist und mir der Schweizer Almöhi, der Andermatt, immer mehr auf die Pelle rückt. Ich brauche dem seine Rindviecher, sonst ist der Sommer gelaufen. So, und jetzt gib endlich Ruhe! Wir reden nächste Woche weiter, ruf mich an!"

Nichts als einen langen Blick erntet Vonderleu für seine Erklärung; einen Blick, der zwischen hündischer Unterwürfigkeit und viehischer Grausamkeit wechselt. Wie ein feuriger Stab bohrt er sich in Vonderleus Hirn und geht ihm beim Abstieg ins Tal nicht mehr aus dem Sinn.

Der andere bleibt unbeweglich sitzen. Erst als die Nacht langsam zu Ende geht, macht er sich auf den Weg. Er führt ihn ebenfalls abwärts, dem Dorf zu.

Der bitterkalte Morgen verspricht einen weiteren strahlend schönen Vorfrühlingstag. Mehr und mehr geht die Farbe des Himmels im Osten von dunklem Blau in ein strahlendes Violett über. Adolf Gottlieb Vonderleus Armbanduhr zeigt halb sechs. Der Mann, der sich nach einer schlaflosen Nacht noch um einiges älter fühlt, als ihm lieb ist, liegt unter einer mächtigen Tanne am Waldrand und starrt in Richtung St. Bartholomäi. Weit unten, im Tal der Ill, rattert der erste Frühzug der Regionalbahn mit Pendlern und Schülern der Bezirkshauptstadt zu. Das grässliche Quietschen ist trotz der riesigen Entfernung zu hören. Niemand soll sich wundern, wenn einer die Nerven wegschmeißt, der neben den Gleisen wohnt und über Jahre hinweg von diesem Lärm frühmorgens aus dem Schlaf gerissen wird. Irgendwann schreibt er dann der Bahn ein böses E-Mail, richtet wüste Drohungen an die Behörden, stellt sein Auto quer über die Schienen und wird dafür vor dem Landesgericht zur Rechenschaft gezogen. So ungerecht ist die Welt! In den paar Häusern um die Kirche rührt sich nur, was sich um diese Stunde unbedingt rühren muss. In den Küchen der Bauernhöfe, in den Ställen und im Pfarrhof brennt Licht, einzelne Autos fahren talwärts.

Seit einer Stunde gestattet sich Vonderleu keine Bewegung. Weil das gibt es eigentlich nicht, dass der Appenzeller Schlawiner nicht auftaucht! Aber warten kann er, der Vonderleu. Schließlich wird ihm die

Zeit doch zu lang, er holt ein Stück fetten Speck aus dem neben ihm liegenden Rucksack, säbelt mit dem Sackmesser dicke Scheiben herunter und kaut bedächtig darauf herum, saugt das würzige Fleisch mit den breiten Fetträndern aus wie alten Kautabak. Zum x-ten Mal fährt seine Rechte in die tiefe Hosentasche der Knickerbocker und befingert ein dickes Bündel Geldscheine. Alles da. Gut, dass der Inder so brav gezahlt hat. Wenn es mit dem anderen auch so glatt läuft, könnte Vonderleus Plan spätestens im Sommer, zum Alpauftrieb, aufgehen. Er soll endlich kommen, der Wichtigtuer! Noch einer, dem er endgültig den Meister zeigen wird. So wie dem lächerlichen Radonataler, dem Affenschädel, der vorhin geglaubt hat, mit ihm Katz und Maus spielen zu müssen. Vor einem Gewehr hat er sich sein Lebtag noch nicht gefürchtet! Jetzt gilt es, den Appenzeller in die Knie zu zwingen, dann ist der Alpsommer unter Dach und Fach. Ein Vonderleu lässt sich von ein paar schwindsüchtigen Hirschen und Rindviechern nicht das Geschäft verderben, von wildgewordenen Jägern, Tierschützern oder gar Vegetariern noch weniger. Der Emmentalerfresser und Stumpenraucher wird seine Franken noch früh genug kriegen, Gottverstutz!

Aufgepasst: Dort droben, knapp hinter den beiden Jagdhütten, bewegt sich etwas. Das muss er sein. Warum zum Teufel kommt der Idiot von der Hütte her? Seine Trittspuren auf den letzten Schneeresten werden alles verraten. Geh weiter!, will Vonderleu ihm zurufen, als sich die längste Zeit nichts mehr tut. Traut er sich nicht, der feige Hund? Am liebsten wäre dem Appenzeller nämlich gewesen, man hätte ihm das Geld auf sein Schweizer Konto überwiesen. Ja sicher, am besten übers Netbanking mit IBAN und BIC und all dem neumodischen Quatsch. Da hat Vonderleu ihn schön ausgelacht! Ausgerechnet übers Internet wird er seine Geschäfte erledigen, damit die halbe Welt erfährt, wie der größte Alpbesitzer im Brunnenthal sich sein Vieh sichert und sein Scherflein ins Trockene bringt, während rundum alle absaufen! Ganz so bescheuert, wie alle Welt glaubt, seit sein Stall leer ist, ist er bei Weitem nicht. Diese Prämie muss sich der Herr Aktionär und Großbauer schon persönlich abholen, und sich dabei einiges anzuhören, wird ihm auch nicht erspart bleiben. Die halbe Nacht hindurch hat sich Vonderleu die Sätze zurechtgelegt. Jeder Winkeladvokat könnte stolz sein auf den hochgradig verklausulierten Vertrag, den er aufgesetzt hat in seinem alten Sturkopf, seit er sich mitten in der Nacht aus dem Bett geschlichen hat, in dem seine Frau Walpurga Philomena wahrscheinlich noch immer den Schlaf der Gerechten schläft. Adolf Gottlieb ist der Letzte, der ihn ihr nicht gönnt. Sie hat ihn verdient. Sie hätte sich überhaupt etwas Besseres verdient als diesen Mann, das spürt er immerhin. Doch es ist gekommen, wie es kommen musste. Hat ihn denn jemand gefragt? Und jetzt ist es sowieso zu spät. Die alten Geschichten sind passé, Schnee von gestern. Es schaut auch aus, als ob man sich abgefunden hätte damit. Die meisten wenigstens. Die anderen, ein paar unbelehrbare Hanswurste ... Adolf Gottlieb wird ihnen zeigen, wo Bartle den Most holt.

Oder hat Walpurga wieder einmal die Schlafende gespielt, wie so oft, wenn er spät nach Hause kommt, sie schlafend glaubt und am nächsten Morgen haargenau erfährt, wie spät es war und was er alles umgeworfen hat auf seinem unsicheren Gang ins Schlafzimmer?

Der leere Stall war es, der ihm den Weg gezeigt hat. Da haben sich all die Siebengscheiten endgültig selbst ins

Knie geschossen. Wegen einer einzigen TBC-kranken Kuh haben sie ihm den ganzen Stall ausgeräumt. Ausgerechnet ihm, Adolf Gottlieb Vonderleu, 65 Jahre, im besten Alter für einen von seiner Statur und Veranlagung. Bauer, Alpbesitzer und Jäger. Seine schönen Kühe abtransportiert. Gekeult: Wenn er das Wort schon hört, steigt sein Puls ins Ungesunde. Der Stall bleibt verwaist, vorläufig. Nie ist er in den paar Wochen seither den Verdacht losgeworden, es habe dem einen oder andern Spaß gemacht, sein Vieh abtransportiert zu sehen. Lange wird er sich nicht hinhalten lassen von den Herren der Landwirtschaftskammer, auch von der Versicherung nicht. Vonderleu ist keiner, den diese Witzfiguren mit hohlen Phrasen abspeisen können. Wenn er an das dämliche Grinsen von diesem Breuss denkt, als die Lastwagen durchs Dorf gefahren sind! Der halb vertrottelte Straßenwärter, der hat es nötig, der Knallkopf. Kann der überhaupt bis drei zählen? Wie ein Maulwurf ist er ihm immer vorgekommen. Auch einer, der sich glücklich schätzen könnte, dass die Dinge sind, wie sie sind, und der stattdessen durch die Gegend hatscht wie das personifizierte Unglück. Vonderleu weiß gar nicht mehr, wie viele Messen er den alten Pfarrer Rüscher schon hat lesen lassen, als Dank für gutes Wetter, unfallfreie Alpsommer, zur Abwehr von Hagel und Trockenheit oder ähnlichem Stuss, den auf der ganzen Welt niemand glaubt. In Wirklichkeit geschah es erstens, um den Geistlichen für sich zu gewinnen, sitzt doch die Kirche in der Gegend auf den schönsten Alpflächen und Weiden, zweitens, um sein schlechtes Gewissen zu beruhigen, das ihn noch manchmal plagt wegen der zugegeben etwas delikaten Brautabwerbung damals. Gut, dass dieses Motiv nur die Walpurga kennt, außer demjenigen natürlich, dem er das Rösslein ausgespannt hat, diese prachtvolle Stute, noch dazu aus bestem Stall!

Stille rundum. Vom Dorf herauf läutet es den Tag ein, sechs Uhr. War das ein Tier vorher, eines der dem Abschuss geweihten Rehe oder ein schon jetzt aus der Winterruhe erwachter Dachs? Kein Wunder bei dem Winter, der bis weit hinauf so schneearm wie selten einer war, und bei dem Frühling, der um Wochen zu früh ins Land gezogen ist. Die Kirchenglocken läuten zur Schülermesse, es ist sieben Uhr. Großer Andrang seitens der Jugend herrscht nicht, nur die übliche Handvoll alter Weiblein humpelt daher. Vonderleu wartet.

Ja, natürlich, der leere Stall wurmt ihn gewaltig. Nicht so sehr der Kühe wegen. Er wird neue kaufen, bessere, wird die Milchleistung hochjagen mit Kraftfutter, holländischem, der Andermatt besorgt es günstig. Rentabel ist es trotzdem nicht, aber zum einen gibt es nicht umsonst die Bergbauernzuschüsse aus Brüssel, zum anderen geht es eh nur darum, die Statistik zu dominieren, den Dörflern die Prämien wegzuschnappen, denn ihre kaum verhohlene Schadenfreude zwickt ihn gewaltig. Dafür hat er sie nicht all die Jahre großzügig teilhaben lassen an seinem Hab und Gut, an seinen Beziehungen, seiner Gutmütigkeit. Sie sollen nur aufpassen. Ein Vonderleu weiß genau, wer seine Weideflächen falsch vermessen hat, um sich schöne Eurosummen an EU-Subventionen zu erschwindeln. So dumm, dass er sich nicht noch dümmer stellen kann als die Vollkoffer im Dorf, ist er nicht. Auch dem Landesrat wird es nichts nützen, hierzulande das Milchmädchen und in Wien drunten den wilden Mann zu spielen oder umgekehrt, wie man's grad braucht, sollte er die kommende Landtagswahl überleben. Vonderleu hat, besser als ihm und manch anderen lieb ist, im Kopf, wer welche Förderungen kassiert hat. Wozu sitzt er denn seit Jahrzehnten im Gemeindevorstand? Etwa weil er sich engagieren möchte für die nette Dorfgemeinschaft? Sicher nicht. Dafür gibt's die Weiber und ein paar Memmen wie den Haberer von der Tochter, den roten Toni, oder den deutschen Geldsack vom Heilandskogel droben. Der eigene Bub, der Norbert, wenn er auch sonst nicht viel taugt, wird ihm jetzt einmal von großem Nutzen sein. Dafür hat er neben seinen Frauengeschichten genug Zeit, und es ist doch praktisch, wenn man immer wieder Konkurrenten aus dem Weg räumen kann, indem man ihre halbkriminellen Praktiken an der richtigen Stelle anzeigt oder sie im Geheimen bluten lässt. Wie zur Bestätigung knistert leise das Geldbündel in Vonderleus Hosensack. Dass der Norbert mit dem Großvater unter einer Decke steckt, muss man in Kauf nehmen. So richtig ernst nimmt den Alten eh niemand mehr, seit sein wirres Sinnen und Trachten immer mehr in die Zeit zurückfällt, als auch hier im Tal die braunen Banditen in den Gemeindestuben und die roten Fahnen an den geschindelten Fassaden den Ton angegeben haben.

Gleich Viertel nach sieben. Schön langsam wird Vonderleu ungeduldig. Fünf Uhr war ausgemacht. Austreten sollte er auch einmal. Ein paar Schritte gehen wäre nicht schlecht. Hier oben rührt sich weit und breit nichts, drunten im Dorf geht der Betrieb langsam los. Die Pendler machen sich auf den Weg in den Walgau, die Schüler sammeln sich an den Bushaltestellen. Auch den Enkel, Norberts Sohn, kann Vonderleu mit dem Fernglas erkennen. Von dem erwartet er sich gar nichts, was sein Werk fortsetzen könnte. Schon, als er seinen Namen zum ersten Mal gehört hat, wurde

Adolf Gottlieb Vonderleu klar, dass die Sache gelaufen war: Kevin Sven Goetz. Daraus wird nie im Leben ein Landwirt, ein Älpler, ein Jäger. Wenn der Schnösel mit dem Gymnasium fertig ist, nächstes Jahr vielleicht, wird er an der FH Multimedia-Design studieren oder auf die Angewandte gehen, hat er verkündet. Vergiss es!

Vonderleu lässt das Fernglas sinken und konzentriert sich aufs Pinkeln. Auch das war schon einfacher. Dafür rascheln bei jeder Bewegung die Fünfhunderternoten. Musik in seinen Ohren! Etwas starr von der Kälte, die langsam, aber sicher durch das dicke Lodenzeug dringt, schickt sich Vonderleu gleich darauf wieder an, eine halbwegs bequeme Position auf seinem Lager einzunehmen. Da hört er einen lauten Knall, einen Gewehrschuss. Ganz nah muss das sein, zuckt es durch sein Hirn. Gleichzeitig brennt es zwischen den Schulterblättern wie Feuer. Der Bauer sackt vornüber, röchelt, greift sich ans Herz, verdreht die Augen – und ist von nun an tot.

II.
14. April 2015, 06:50 Uhr oberhalb von St. Bartholomäi, eine recht opulente Jagdhütte

Aber wer weiß schon, woher kommt,
was man in seinem Kopf hat.
Arthur C. Danto

Eigentlich wollte der junge Vonderleu, der kleine oder auch der dicke Vonderleu, das Weinfass, wie er im Dorf aus zweierlei Grund genannt wird, in der warmen und gemütlichen Hütte sitzend nach Wölfen Ausschau halten und sie fotografieren, um auch einmal in die Zeitung zu kommen, um berühmt zu werden. Seine aktuelle Geliebte, die Mizzi, Kellnerin im Bergblick, schläft derweilen noch selig. Besser für den Späher wäre es gewesen, er hätte der Mizzi sein Augenmerk geschenkt. Schließlich sind die Schlafenden seit eh und je ein ergiebiger Quell intimster Offenbarungen, unverstellter Wahrheit und erquickender Betrachtung. Außer denen vielleicht, die in aller Öffentlichkeit mit offenem Mund sabbernd vor sich hinschnarchen. Aber für derartige zwischenmenschliche Feinheiten ist Vonderleus Charakter nicht geschaffen. Nebst Kaffee und Schnaps, denen er zur Erweckung der Lebensgeister fleißig zuspricht, steht ihm wie gesagt nach Wölfen der Sinn. War doch kürzlich zu vernehmen, dass sie womöglich wieder Rudel bilden in den Wäldern des Landes. Dabei könnte es sich allerdings um eine Art von Bildung handeln, die nicht in den Wirkungsbereich der geneigten Schul- und Sportlandesrätin fällt; selbst dann nicht, wenn Meister Isegrim sein Revier auf die neu erbauten Sprungschanzen drüben auf der anderen Talseite ausweitet, von denen sich die Dame nicht weniger als den endgültigen Aufschwung der Jugend und kräftig auf sie selbst abstrahlenden, allerdings noch fernen olympischen Ruhm zu erwarten scheint. Zu beißen und zu reißen wird der Räuber dort nicht viel finden, denn was zu holen war, haben sich ein paar findige Unternehmer bereits gesichert. Wie sein Vater weiß auch der junge Vonderleu nur allzu gut um die Geschichten vom gewinnträchtigen Umgang mit den wertlosen, verrotteten Böden! Ein paar ganz raffinierte Raffer haben neue Wege gefunden, den längst eingestellten Silberabbau im Tal wiederzubeleben, indem sie Schottergruben in wahre Goldgruben umgewandelt haben. Wenn schon nicht eine neue Art von Rudel oder gar Bildung am Werk war, so sicher eine Art gieriger, hungriger Wölfe. Oder doch eher Haie?

Hoppla, was knallt denn da durch den Morgendunst? Bestimmt kein Wolf, sondern ein Schuss, eigenartig gedämpft zwar, aber ganz klar ein Schuss! Noch dazu definitiv keiner aus einem von seinen eigenen im Wandschrank versorgten, gut geölten und stets feuerbereiten Jagdgewehren, so viel ist sicher. Eher ist er von oben, vom Wald her gekommen. Wem mag er gegolten haben? Es wird viel geschossen derzeit, auf fast alles, was sich bewegt, seit sich die Jägerschaft auf Kriegspfad gegen das Rotwild befindet.

So trocken jedoch war das Frühjahr auch wieder nicht, dass dieser Schuss viel Staub aufgewirbelt hätte. Umso mehr, als die Bahn des Geschosses in bester Blattschussmanier mitten in Adolf Vonderleus Herz geendet hat. In der Jagdhütte, in der der Verblichene seinen Geschäftspartner vermutet hatte, sorgt der Knall immerhin für das Erwachen der Maid.

„Was ist denn da los? Hast du grad geschossen, Berti?“, erkundigt sie sich schlaftrunken bei ihrem von seinem Stuhl aufgesprungenen und die Tür entriegelnden Kavalier.

„Geh, red keinen Blödsinn, Mizzi, womit denn? Einer von den verrückten Jägern war es wahrscheinlich, einer von den ganz wichtigen, die auf Schalldämpfer umgestellt haben. Es würd mich interessieren, was der da schießt vor unserer Hütte!“ Die Frage nach dem Womit ist angesichts des am Fensterbrett lehnenden Jagdgewehrs und der im offenen Wandschrank versorgten Waffen eher rhetorischer Natur. Nur ist die Mizzi zumindest im Augenblick nicht wach genug, um kompliziertere Zusammenhänge zu durchschauen, einfache schon eher:

„Wahrscheinlich hat er einen tollwütigen Hirsch erlegt, oder? Denen geht's doch jetzt an den Kragen, stimmt's? Gibt's eigentlich wirklich Wölfe bei uns, Berti? Und krieg ich auch einen Kaffee?“ Ein bisschen viel Fragerei auf einmal für den so Angeredeten, der aus dem geöffneten Fenster talwärts stiert.

„Keine Tollwut, Mizzi, TBC haben die Hirsche, wie oft muss ich dir das noch sagen? Tollwut haben die Füchse. He, was ist das? Himmelhargazak nochmal, da liegt jemand am Waldrand. Los Mizzi, steh auf und zieh dir endlich was Ordentliches an. Deinen Kaffee kannst dir selber holen. Ich geh nachschauen.“

Je näher der junge Vonderleu der liegenden Gestalt kommt, desto mulmiger wird ihm. Er hätte die Schnapsflasche mitnehmen sollen. Schneller, als ihm lieb ist, hat er die knapp hundert Meter auf dem schmalen Steig zurückgelegt, dann gibt es keinen Zweifel mehr: Es ist der Vater, der da im Gras liegt. Hat der Schuss vorhin tatsächlich ihm gegolten? Ja, hat er. Ein großer roter Fleck auf dem grauen Lodenjanker ist die Bestätigung. Norbert Vonderleu schaut sich zögerlich um. Weit und breit ist nichts zu sehen von einem Schützen. Ohne den Toten auch nur zu berühren, rennt er zurück in die Hütte, wortlos greift er zum Telefon. Ohne Mizzi eines Blickes zu würdigen oder auf ihre Fragen zu antworten, drückt er ein paar Tasten und trommelt in größter Verstörung mit der flachen Hand auf den Tisch.

„Der Vater ist tot, Bürgermeister, erschossen, heroben bei der Jagdhütte. Ja, jetzt, vor zwei Minuten. Was soll ich tun?"

Stille, dann ein paar Sätze, die den Anrufer noch mehr aus der Fassung bringen.

„Nein, ich weiß nicht, wer es war, du Trottel! Was? Ich? Spinnst du komplett, Konrad? Sag mir lieber, was ich tun soll!" Die Anweisungen, die er erhält, sind kurz und deutlich. „Raus jetzt aus dem Bett, Mizzi! Der Vater ist tot. Wir müssen weg!"

„Was, der Vater ist tot? Welcher Vater? Deiner? Hast ihn erschossen oder was? Warum denn?"

„Fang du jetzt auch noch an mit dem Quatsch, Heilanderwelt! Wofür haltet ihr mich denn alle? Mach um Himmels willen lieber vorwärts, statt so einen Stuss zu verzapfen! In einer Minute sind wir weg, bevor die Gendarmen da sind!" Hektisch beginnt er, in der winzigen Hütte immer wieder mit der sich anziehenden Mizzi zusammenstoßend, die Fensterläden zu schließen, lässt dann nervös davon ab und räumt notdürftig auf, die Unordnung dabei eher noch vermehrend. Vor allem die Gewehre verstaut er sorgfältig. Die Kaffeetassen verschwinden in der winzigen Spüle. Mit dem Haushalt hat er es nicht, der Macho. Er schaut gerne der Schwester und der Mutter beim Putzen und Aufräumen zu, aber für ihn ist das nichts. Dann läuft er schon Richtung Dorf, die stolpernde Mizzi an der Hand hinter sich herschleifend, blick- und wortlos an der Leiche des Vaters vorbei. Nur Mizzi stößt einen spitzen Schrei aus, der in etwas wie einem meckernden Kichern verebbt, was ihr seitens des Galans ein beherztes „Renn, du Kuh!“ einträgt.

III.
14. April 2015, 07:15 Uhr am Heilandskogel, ein gemütliches Chalet, leicht großkotzig, über dem Eingang ein gigantisches Elchgeweih

Mit einem Ruck fährt Kai-August Besenböck aus dem Schlaf auf. Ein Schuss. Hört das denn nie auf! Sind die alle bekloppt hier? Als wäre man im Wilden Westen oder als hätte der Kameradschaftsbund allein das Sagen! Aus ist es wieder mit Kai-Augusts Muße und seinem Schlaf, und das um sieben Uhr morgens. Nicht einmal um diese Zeit ist hier irgendetwas in Ordnung, schon gar nicht die Welt. Ist er dazu aus dem Rheinland hierher gezogen, in diese Idylle aus Wald und Wiesen, aus Bergfexen und Biedermännern? Ist er dazu ein paar Wochen früher als sonst aus Mallorca zurückgekehrt, um den Bergfrühling zu erleben, von dem die Hiesigen in höchsten Tönen geschwärmt haben? Sicher nicht, beim heiligen Einhorn! Schluss muss sein mit der Knallerei! Kann das Rotwild etwas dafür, dass die Bauern ihre Kühe immer noch höher hinaufkarren im Sommer? Dass sie nicht genug kriegen können von ihrer extensiv EU-subventionierten Senner- und Sauerkäseromantik? Kai-August glaubt kein Wort von all den TBC-Behauptungen der studierten Veterinärmafia. Das ist nur eine Ausrede, ein willkommener Vorwand für die Jäger, damit sie endlich nach Lust und Laune herumballern dürfen. Es gäbe weiß Gott andere Mittel, der Seuche Herr zu werden. Hinter vorgehaltener Hand ist so manches zu hören. War es früher der Schutzwaldverbiss, so ist es jetzt die ominöse Krankheit, die dem Wild angedichtet wird, mitsamt der Mär von der Ansteckung des überzüchteten Braunviehs. Nur weil sich einmal ein kranker Hirsch ins Tal verirrt hat, braucht man nicht gleich den gesamten Bestand zu vernichten, oder?! Man muss außerdem beileibe kein Vegetarier zu sein, um das alles widerlich zu finden. Aber Kai-August ist einer. Das auch noch! Wenn man wenigstens mit dem Magister Armellini aus Bludenz rechnen könnte. Doch dem geht es hauptsächlich um das komische Denkmal drunten in Silberberg. Werden die denn nie fertig mit ihrer Kriegsgeschichte, die Österreicher? Was haben sie für ein Problem? Mitgegangen, mitgehangen. Marschiert sind sie auch brav, und nicht nur marschiert! Da haben ein paar ganz schön Dreck am Stecken gehabt. Fertig! Aber seither sind immerhin siebzig Jahre vergangen! Da sollte man doch einen Schlussstrich ziehen können – würde man meinen.

Was unternimmt ein Vegetarier und Pazifist gegen die außer Rand und Band geratene Jägerschaft? Also einer, der gut essen und dabei Gutes tun möchte, der fast nichts als seine Ruhe haben will? Auf den ersten Blick scheint das schwierig. Doch unlängst hat Kai-August einen Weg gefunden, wie er seinerseits die Schießwütigen treffen kann. Umso mehr, als sie mit den Landwirten und vor allem den Alpbesitzern, allen voran dem Vonderleu als ihrem Rädelsführer, auf Gedeih und Verderb verbandelt sind. Geredet hat er oft genug mit ihm, auf ihn und seine Kumpane eingeredet genauer gesagt, wie auf kranke Rösser. Mit allem hat er es versucht: mit dem berühmten guten Zureden, dafür hat er nur Spott und Hohn geerntet und ist auf Ressentiments gestoßen, die mit nationalistisch noch vorsichtig umschrieben sind. Sie sollen doch mit dem völkischen Dreck aufhören, hat er den Bauern schließlich an den

Kopf geworfen, ohne auch nur ansatzweise auf Verständnis zu stoßen. Mit Vernunft hat er es probiert und mit Sachlichkeit, das war schier noch hoffnungsloser; schließlich mit Geld, was noch das Aussichtsreichste zu sein schien, aber an der Unverschämtheit der Eingeborenen gescheitert ist. Zuletzt blieben dem um seine Harmonie und um seinen Glauben an das Gute im Menschen Gebrachten nur noch Drohungen. Damit die nicht leer bleiben, gilt es jetzt zu handeln. Der Schuss vorher soll das Signal dazu gewesen sein.

Kai-August wälzt sich aus dem warmen Zirbenbett. Gut, dass Annemarie noch in Mallorca geblieben ist mit ihren Freundinnen. Wann will sie zurückkommen? Morgen? Viel zu früh! Schnell eine SMS: „Bleib, wo du bist. Sauwetter im Tal. Gruß Kai." Annemarie wäre bei Kai-Augusts aktuellem Vorhaben ganz fehl am Platz. Wenn der Deal mit Armellini jemals greifen soll, dann heute. Eine Hand wäscht die andere. Viel verspricht er sich allerdings nicht von dem gelehrten Männlein. Er aktiviert die im Mobiltelefon gespeicherte Geheimnummer des Pädagogen und wartet, doch mehr als die Mailbox ist nicht zu haben. Viertel vor acht – der Herr Lehrer wird schon im Dienst sein, seine Kinder infiltrieren und auf Biegen und Brechen versuchen, sie die richtigen Lehren aus der Geschichte ziehen zu lassen oder sie ihnen in ihre zugemüllten Gehirne zu trichtern. Er wäre der Erste, dem so etwas gelänge, sagt sich Kai-August zum wiederholten Mal. Die Geschichte ist nicht dazu da, um aus ihr zu lernen, zumindest nicht für solche wie die hier. Sei's drum! Seine Mission war zum Glück oder vielmehr zum Unglück, von dem Besenböck noch nichts ahnt, von vornherein eine andere. Eine Antwort von Annemarie: Sie kommt nicht vor Ende des Monats zurück. Auch recht, sehr gut. Abwarten, Kaffee trinken und das erste Bier des Tages, die fast grenzenlose Aussicht genießen. Auf einen Tag mehr oder weniger kommt es nicht mehr an, doch die Frist ist gesetzt, hier tickt eine ganz besondere Spielart der biologischen Uhr.

Um das in Augenschein zu nehmen und den positiven Fortgang der Angelegenheit zu überprüfen, verlässt Besenböck die gute Stube mit ihrer falschen Zirbenästhetik. Über eine steile Stiege steigt er in den Keller. Es ist kühl hier, was nicht nur an den hellen Fliesen liegt. Sie und das grelle Neonlicht verleihen den Räumlichkeiten einen leichenkammerartigen Charakter. Warum nur ist Besenböck der schreiende Gegensatz zu dem in den Wohnräumen herrschenden Alpen-Kitsch noch nie aufgefallen? Fehlt ihm das Sensorium? Oder ist eben auch er einer jener Zerrissenen, jener in ein Tag- und in ein Nachtwesen, in einen Stuben- und einen Kellermenschen Gespaltenen, wie sie nicht nur die Kriminalliteratur bevölkern? Ein kurzer Gang, zu beiden Seiten je zwei Türen, drei stehen offen, die hinterste links, eine Eisentür, ist zu. Vorsichtig und mit gerümpfter Nase öffnet er sie und muss dennoch für einen Augenblick, für ein paar tiefe Atemzüge, stehen bleiben. Von drinnen dringt infernalischer Gestank heraus. So ist es gut. Der Vegetarier hält sich das Taschentuch vor Mund und Nase und tut zwei, drei Schritte in den kleinen, von einem winzigen Fenster notdürftig belüfteten Raum. An der Wand stehen etliche Paar Alpin- und Langlaufskier und die dazugehörigen Stöcke. Der Boden ist sauber gefliest, die Wände ebenso bis auf halbe Höhe. Auf einer hölzernen Sitzbank steht eine große verzinkte Wanne, früher einmal wurden darin wahrscheinlich an Samstagabenden die Kinder gebadet. Besenböck zieht die schmutzige Decke von der Wanne und beugt sich vorsichtig, in größtmöglichem Abstand darüber. In der Wanne liegen große, mehrere Kilo schwere Brocken von etwas, das einmal Fleisch gewesen sein muss. War es auch: Hirschfleisch. Ein Gewimmel dicker weißer und gelber Würmer kreucht darin und darauf, dass es eine Freude ist. Sehr gut, zuckt es durch Kai-Augusts Hirn, bevor er das Zeug wieder zudeckt und fluchtartig den Raum verlässt, die Tür hinter sich zuschlägt und den im Gang stehenden Hund mit einem unsanften Tritt Richtung Stiege befördert. In der Küche nimmt er einen langen Schluck aus der Schnapsflasche. Alles ist gut und kann nur noch besser werden. Geduld jetzt. Der Wurm ist schon drin!

IV.

14. April 2015, 08:25 Uhr, Landespolizeidirektion Bregenz, Büro Chefinspektor Ibele

Keine zwei anderen Effekte könnten sich mehr gleichen als der des Jagens und der des Philosophierens. Es ist die investierte Energie, die die Identifikation mit dem Ziel erst schafft und die unerträglich macht, es zu verfehlen.

Hans Blumenberg

Inspektor Isidor Ibele hat manches schon erlebt. Das schützt oder bewahrt ihn allerdings keineswegs vor dem, was noch kommen mag. Manches – aber so etwas? Egal. Was kommen muss, kommt sowieso. So, wie der Täter an den Ort des Verbrechens zurückkehrt und der Tote ans Ufer des Sees geschwemmt wird – früher oder später oder demnächst in diesem Theater, wie es Ibeles neuer Chef, der Oberst, bei jeder passenden und vor allem bei jeder unpassenden Gelegenheit süffisant formuliert. Der neue Chef: ein nüchterner Techniker, dem jeder Spleen fremd ist, der in denkbar größtem Gegensatz zu seinem Vorgänger, dem nunmehr pensionierten General, seine goldbetresste Uniform trägt wie die 50er-Jahre-Hausfrauen ihre Mantelschürzen, also bar aller Koketterie, obwohl sie das einzige wäre, was diese Aufmachung rechtfertigen könnte. Aber bitte. Geschehenes ungeschehen machen zu wollen, ist längst kein Anliegen mehr für Isidor Ibele, weder privat noch dienstlich. Niemand holt die Kugel zurück in den Lauf. Sie hat ihr eigenes Gesetz und folgt diesem seelenlos. Jäger und Mörder brauchen dieses Gesetz nicht zu kennen. Der Jäger als Mörder ebenso wenig. Trotzdem kann er sich darauf verlassen.

Ganz ohne Vorteil ist Ibeles Erfahrung natürlich nicht. Sie schärft seine Wahrnehmung und stärkt seine Ruhe. Weil in ihr bekanntlich die Kraft liegt, verblüfft der Inspektor Freund und Feind immer wieder von Neuem. Von beiden hat er nicht allzu viele. Der erste Kreis jedoch ist glücklicherweise recht beständig, der zweite dafür umso ungemütlicher und volatiler, flüchtiger. Und das oft im wahrsten Sinne des Wortes; etwa im vorliegenden, soeben gemeldeten Fall, der dem bislang unverdächtigen Dienstagmorgen eine so unvorhergesehene Richtung gegeben hat. Flüchtig ist nämlich jene Kreatur, männlich oder weiblich oder was auch immer, die den behördlichen Rotwild-Abschussplan eigenmächtig und gesetzesbrecherisch auf ein Jagdorgan selbst ausgedehnt hat. Ein Jagdgewehr-Blattschuss hat hoch droben im Brunnenthal den alten Vonderleu-Bauern aus St. Bartholomäi zur Strecke gebracht, mitten im wildreichen und leider TBC-verseuchten Silberberger Revier. Das geschah vor annähernd zwei Stunden. Was bringen das schönste Alpental, das malerischste Bergdorf, wenn's die Menschen nicht miteinander aushalten? Saumäßig wenig! Außer viel Arbeit.

„Gibt es schon Neues, Inspektor?", erkundigt sich der Oberst nach einem knappen Morgengruß. Der frische Frühlingsmorgen legt ein breites Spektrum von Antworten nahe. Aber nach singender, klingender Plauderei dürfte auch dem Chef nicht mehr zumute sein, nachdem ihm sein Adjutant ein erstes Protokoll vorgelegt hat.

„Nichts", kommt Ibele demgemäß über die Lippen. Das scheint dem Wissensstand der Sekretärin Antoinette Hagen nicht zu entsprechen. Sie winkt dem Inspektor von ihrem Schreibtisch aus mit einigen losen Blättern und lächelt ihm vielsagend zu.

„Oder doch, Herr Oberst, einen Moment bitte!“

Schon nähert sich die Hagen wiegenden Schrittes den Herren. Nur natürlichster Unbefangenheit, wie sie in diesem Moment zur Wirkung kommt, kann es gelingen, er- und ausgewachsene Männer derart zu bannen. Ibele und Oberst Bertram Abler, gestandene Mannsbilder alle beide, verfolgen jede Bewegung Antoinettes mit akribischer Sorgfalt. Mit derselben unbewussten Gelassenheit, mit der feinster Sand zwischen den Fingern hindurchrinnt, die ihn festhalten wollen, überreicht Antoinette dem Inspektor die Unterlagen, Faxkopien. Soll man von Charme sprechen, von Sexappeal, von Coolness, von Schönheit gar? Von Schönheit als jenem Versprechen von Glück, von dem die Philosophen schreiben? Ein Glück, das davon lebt, nicht eingelöst zu werden? Es ist einerlei. Antoinette wirkt, weil sie ist, was sie ist. Weil sie nicht damit spielt, oder weil sie weiß, dass alles ein Spiel ist. Während der Oberst mit der Frische ihrer Aura beschäftigt ist, hält sich Ibele so dezent wie möglich an Handfesteres. Nur der inzwischen ebenfalls erschienene Inspektor Baldreich scheint unbeeindruckt.

„Na, was steht da?“ Geduld ist definitiv keine Stärke des Obersten.

Ibele liest, Baldreich schaut ihm über die Schulter, Antoinette sitzt schon wieder an ihrem Schreibtisch, Lavendel- und Rosenduft umweht die Herren.

„Also, Herr Oberst. Der Tote, Adolf Gottlieb Vonderleu, 65 Jahre alt, Landwirt mit viel Land aber ohne Vieh, Alt-Bezirksjägermeister, Sohn von Johann Fürchtegott Vonderleu und Vater von Norbert Vonderleu, Großvater übrigens von Kevin Sven Goetz-Vonderleu, aber das tut nichts zur Sache, würde man meinen. Wirklich, die heißen so. Frauen sind offenbar Mangelware in der

Familie. Getötet heute im Morgengrauen, gegen halb sieben oder sieben vermutlich. Interessant: Der Bauer hat immerhin 25.000 Euro bei sich getragen. Das meldet Othmar Türtscher, unser Mann vor Ort.“

„25.000 Euro? Wozu denn? Wer hat ihn gefunden? Und was soll das überhaupt heißen: ein Landwirt ohne Vieh? Wissen wir da schon etwas, Inspektor? Es wäre ja gelacht, wenn ...“

„... Marmelad nicht kräftig macht“, ergänzt Baldreich seinerseits vorlaut den zweiten Lieblingssatz Ablers, der allerdings so gar nicht zu dessen sperrigtrockenem Naturell passen will.

„Ja schau mal an, der Tiroler kennt sich aus“, kontert Abler, der auch vor leicht chauvinistischen Klischees nicht zurückschreckt. „Wenn er nur überall so schnell schießen würde, unser Hofer!“ Unter nervösem Herumgezupfe an seinem etwas engen Uniformkragen baut er sich vor Hagens Schreibtisch auf, vergisst aber offenbar gleich wieder, was der Zweck dieses Gebarens war und wiederholt es in Ibeles Büro. Antoinette beobachtet das mit einem spöttischen Lächeln und einem dezenten Hüsteln, in dem der Inspektor zu Recht einen Anflug von Sympathie mit seiner eigenen Missbilligung solcher Kasperliaden erkennt. Überhaupt gibt es nicht wenige Augenblicke, in denen er sich nach der simplen Eitelkeit des abgetretenen Generals zu sehnen beginnt. Es hat nämlich doch gewisse Vorteile, wenn einer mit nichts als sich selbst und seinem Ansehen beschäftigt ist, zumindest solange ihn das davon abhält, andere mit Ansprüchen zu behelligen, mit denen er an sich selbst scheitert.

„Gefunden hat ihn offenbar der Bürgermeister. Zumindest hat der die Polizei verständigt. Wir wissen naturgemäß noch wenig, Herr Oberst, aber bald wird es mehr sein, der Baldreich und ich fahren jetzt nämlich hinauf zu den Silberbergern. Der Bub des Toten hat mir vorher am Telefon einen reichlich konfusen Eindruck gemacht. So verwirrt ist man normalerweise nur, wenn man nicht weiß, was man verschweigen soll und worüber man reden darf, wenn es hauptsächlich ums Verstecken geht. Noch dazu hat im Hintergrund eine Frauenstimme gezetert, die mir so gar nicht zu einer trauernden Witwe passen mag. Ich soll den Bürgermeister fragen, hat er gesagt, und der wiederum hat mich an den Pfarrer verwiesen. Als gehe es um eine Seligsprechung. Wir werden sehen. Auf geht's, Baldreich! Ach ja, warum er kein Vieh mehr hat: Sein Stall ist behördlich geräumt worden wegen eines TBC-Falls, an die 30 Stück Vieh haben sie ihm gekeult vor vierzehn Tagen." Den Obersten lässt der Chefinspektor gerne ein wenig links liegen.

„Natürlich, das war doch die Sache mit der Morddrohung gegen den Landesrat, nicht wahr?", wirft Antoinette Hagen kundig ein.

„Richtig, das könnte sich per heute Morgen auch erledigt haben", ergänzt Baldreich, aber wirklich überzeugt klingt das nicht. „Wenn ich mir als Zugezogener die Bemerkung erlauben darf: Das hat ja so kommen müssen. Habe ich dir nicht jüngst die Grafik im Vorarlbergboten gezeigt, Isidor? Die mit den mehr als 22.000 Waffenscheinbesitzern im friedlichen Ländle und den über 6.500 Schusswaffen, die in den Stubenkästen und Schlafzimmerkommoden lagern? Da brauchst du gar nicht die verlogenen Wildererfantasien dazunehmen, die auch überall fröhliche Urständ' feiern, mit dem ganzen Kitsch vom Stutzerl, das knallt, und dergleichen Quatsch, wo sie jetzt schon mit Schalldämpfern auf das arme Wild schießen dürfen."

„Was willst du mir sagen, Karl? Du bist doch sonst nicht so pessimistisch. Und dass im heiligen Land Tirol die Zahlen dreimal so hoch sind, hast du sicher auch gesehen, nicht wahr? Wissen tun wir es alle, aber vorstellen wollen wir es uns nicht vor lauter Bequemlichkeit und Feigheit, das ist das Problem."

„Gut, lassen wir das, fahren wir hinauf, dann sehen wir das Unvorstellbare."

Es ist tatsächlich ein Frühlingsmorgen von seltener Klarheit. Im Rheintal sprießt das junge Grün allenthalben um zwei bis drei Wochen früher als sonst, wie es heißt. Hoch droben auf den Bergen im Rätikon und drüben in der Schweiz liegt der Schnee noch meterhoch. Während herunten die Gärtner das Werkzeug bereitstellen, hat die Hochsaison der Skitourengeher gerade erst begonnen. So prallen krasse Gegensätze aufeinander. Nicht viel anders scheint die Lage zur Zeit im kleinen Bergdorf am steilen Sonnenhang des Brunnenthals zu sein, in dem Ibele und Baldreich nach einer guten Stunde Autofahrt ankommen. Ortspolizist Othmar Türtscher erwartet den Inspektor am Dorfbrunnen, heißt ihn und Baldreich in sein geländegängiges Allradauto umsteigen. Die Fahrt dauert keine zehn Minuten und führt über steile Serpentinen jach aufwärts, der Waldgrenze zu. Zu Fuß dürfte das ein gut einstündiger, anstrengender Marsch sein. Im Sommer, sagt sich Ibele, ist diese Gegend sicher einladend und erholsam, wenn es überall grün ist. Türtscher holt ihn aus seinen Träumereien. Nein, es war nicht der Bürgermeister, der den Toten gefunden hat, gefunden hat ihn der eigene Sohn, der hat dann den Bürgermeister informiert. Den Bürgermeister? Warum nicht die Polizei? Und wo ist der Knabe jetzt? Unten, im Gemeindeamt.

„Kruzifix", entfährt es Ibele, „der gehört her da." Rasch besinnt er sich eines Besseren. Er soll bleiben, wo er ist, und sich nicht von der Stelle rühren, lässt er den Kollegen hinunterfunken.

Am Tatort sind die Kollegen von der Spurensicherung zugange. Wenn hier nur nicht alles so ansichtskartenmäßig schön wäre! Selbst der Tote liegt wie gemalt unter der mächtigen Tanne, die noch am Wiener Rathausplatz einen grandiosen Christbaum abgäbe. Die beiden einen besseren Steinwurf entfernt stehenden Jagdhütten würden jedem Heimatfilm oder Alpenwestern zur Ehre gereichen. Während bei der kleineren, weiter oben stehenden die Fensterläden geschlossen sind, schaut die untere bewohnt aus. Die Haustür steht offen, manche Fensterläden ebenso, ein dünner Rauchfaden quillt aus dem Kamin und steigt kerzengerade in den Himmel.

„Tatzeitpunkt nicht vor sechs Uhr morgens", berichtet fast beiläufig der Gemeindearzt, der, wie Ibele erst jetzt auffällt, demonstrativ entspannt auf seinem Motorrad am Wegrand sitzt. Ist er solche Einsätze gewohnt, der Bergdoktor? „Und ein klassischer Blattschuss in den Rücken, wahrscheinlich direkt ins Herz. Ein schneller Tod, deshalb noch nicht unbedingt ein schöner", erläutert der Mann, während er sich seinen Schlapphut in die Stirn drückt, die Schnurrbartenden nach oben zwirbelt und den Motor seiner Transalp aufheulen lässt. Wie so manch anderes scheint sich hier auch die Helmpflicht noch nicht durchgesetzt zu haben. Der Chef der Spurensicherung informiert Ibele über den vermutlichen Ablauf der Bluttat. Geschossen wurde aus geringer Entfernung, keine hundert Meter. Allem Anschein nach ist nur ein einziger Schuss abgegeben worden, aus einem Jagdgewehr, etwas Handfestes sicherlich, mit dem üblichen Kaliber dieser Geräte. Der Lage des Toten nach könnte der Schuss zwischen den beiden Hütten abgegeben worden sein. Da gibt es einige Stellen, die für das Opfer nicht einsehbar waren. Spurenmäßig schaut es mager aus dort oben, aber ein bisschen was müsste doch zu holen sein.

„Er dürfte irgendwo bei den Hütten gestanden sein, da kommst du vom Wald aus hin ohne gesehen zu werden, die Entfernung beträgt dann grad noch an die 70 Meter. Da trifft selbst der wackeligste Schütze. Wir vergleichen natürlich den Schuhabdruck des Schützen mit denen der Hüttenbewohner, aber das dauert sicher bis morgen. Auch in der Hütte sind jede Menge Spuren, offenbar von zwei Personen. Den Kaffeetassen, Essensresten und ungemachten Betten nach schaut es aus, als ob die heute Früh fluchtartig das Weite gesucht hätten. Es sind übrigens auch Gewehre dort, von denen zwei als Tatwaffe in Frage kommen."

„Mollback! Wem gehören die Hütten?", fragt Ibele eine Nuance zu scharf in Richtung Türtscher.

„Die untere gehört dem Toten, die obere hat ein Schweizer gepachtet. Werd mir bloß nicht nervös!", mokiert der sich.

„Dann könnte es also sein, dass Vonderleu hier übernachtet hat?"

„Könnte schon sein, nur kann ich mir das eher nicht vorstellen, weil ..."

„Weil ...?"

„Weil es unwahrscheinlich ist. Eher war es sein Bub, der Norbert. Der hat sich hier ein Liebesnest eingerichtet." Sehr von Sympathie getragen klingt das nicht.

Ibele muckt auf: „Und? Darf er das nicht? Gibt es ein Liebesverbot bei euch heroben? Oder fürchtet man sich vor den Sennenpuppen?“ Ibele kennt sich aus mit der älplerischen Erotik seit seinem gründlich missglückten Alpknechtseinsatz vor gut dreißig Jahren, spätestens jedoch seit er sich im vergangenen Sommer nur mit knapper Not und zugegeben fadenscheiniger Ausrede dem Besuch einer Freilichttheateraufführung just hier im Tal entzogen hat. Da stand die Geschichte einer solchen Sennenpuppe im Mittelpunkt: Von den Hirten aus allerhand Zeug zusammengebastelt und wüst behandelt, erwacht sie zum Leben und wird nun von den rohen Burschen noch wüster traktiert, bis sie sich an den übermütigen Kerlen schließlich grausig rächt. Er erinnert sich auch an eine Verfilmung vor wenigen Jahren, in der so eine Sennentuntschi in einem unguten Gemisch aus geiler Fantasie und volkstümlichem Sagenkitsch recht dunkle Seiten der Berglerseelen ans Tageslicht oder wenigstens auf die Kinoleinwand gezerrt hat.

„Er darf von mir aus alles. Aber der Alte hat es nicht gern gesehen. Er hat fast nichts gern gesehen, was der Bub getan hat. Obwohl es nicht viel zu sehen gibt bei dem jungen Herrn.“

„Dann hätt es also schon krachen können, wenn sich Vater und Sohn im Morgengrauen begegnen?“, erkundigt sich Baldreich, der soeben aus der Hütte zurückkehrt und zur Veranschaulichung seiner Frage mit einem imaginären Gewehr, einem echten Luftgewehr, ins Leere zielt.

„Krachen schon, sicher, es hat öfter gekracht zwischen den beiden, aber nicht so, nein. Das glaube ich nicht!“, gibt der Polizist kopfschüttelnd zurück.

„Glauben heißt nichts wissen.“ Nach kurzer Rücksprache mit der Spurensicherung fordert Ibele den einheimischen Kollegen zur Abfahrt auf. Was er auf der Talfahrt über potenzielle Feinde des Mordopfers erfährt, ist so spannend wie die Auskünfte über Vonderleus Stellung im Dorfgefüge. Mein lieber Schwan! Ab jetzt ins Gemeindeamt. Es ist leicht zu finden, eines der wenigen gemauerten Gebäude, und es steht dort, wo es hingehört, gleich neben dem beeindruckenden Frühmesshaus, in dem der Pfarrer residiert, zwei Relikte in einem. Nur weil der alte Geistliche sich weigert, in Pension zu gehen, gibt es noch einen eigenen Pfarrer im Dorf. Ringsum bieten längst fahrende Priester in mehreren Gemeinden ambulant ihre Dienste an. Konrad Tschofen, der knapp vierzigjährige Bürgermeister von St. Bartholomäi, wartet bereits vor dem Amtsgebäude. Ibele kennt den Mann vom Hörensagen; ein Karrierist, ein Schreibtischtiger. So groß ist das Land nicht, dass die Ambitionen eines aufstrebenden Dorfpolitikers nicht die Runde machen würden. Hat es auch mit dem Einzug in den Landtag wegen rein innerparteilicher Querelen und Machtspiele, bei denen noch ganz andere Kapazitäten als Tschofen kaltblütig geopfert worden sind, nicht geklappt im vergangenen Herbst, so hat der Mann doch unmissverständlich klargemacht, wonach ihm der Sinn steht: nach Macht. Was heute Morgen geschehen ist, passt in sein Konzept offenbar so wenig wie nur etwas. Wie sonst wäre das nervöse Gezappel des Mannes zu erklären? Bevor Ibele einen Blick an das phänomenale Panorama verlieren kann, hat Tschofen ihn schon ins Innere des Gebäudes gelotst, als fürchte er sich davor, mit ihm gesehen zu werden. Dabei ist weit und breit keine Menschenseele in Sicht. Baldreich fallen allerdings die blütenweißen Gardinen auf, die sich an etlichen Fenstern der umstehenden Höfe wie von Geisterhand bewegt ein wenig zur Seite schieben.

An der Anschlagtafel, dem Schwarzen Brett der Gemeinde, kann Ibele dann aber beim besten Willen nicht so einfach vorbei. Da hängen die üblichen Protokolle von Gemeindevertretungssitzungen, die Probenpläne der Feuerwehr mit dem Aufruf zu zahlreichem Besuch; zudem noch ein leuchtendes Plakat mit dem Hinweis auf die grassierende Tollwut und gleich daneben als offizielles Schreiben des Landesjägerverbandes die TBC-Warnung – in theatralischer Aufmachung mit röhrendem Hirsch unterlegt. Was Ibele am meisten interessiert, sind hingegen die Partezettel. Aktuell zwei ältere Männer und eine fast hundertjährige Frau namens Theodora Bickeler, die den Betrachter von ihrem Totenbildchen herab in farbenfroher Tracht gutmütig anlächelt. 1916 geboren: Was für eine Zeitspanne! Unter den Lebensdaten steht noch ein Wort. Ibele schaut genauer hin und staunt. Statt – wie zu erwarten – einer Berufsbezeichnung oder etwa der Anmerkung „geborene Thöny" oder „verwitwete Bitschnau" oder beides, steht hier lapidar „Kriegswitwe", nicht einmal „Kriegerwitwe", nein, Kriegswitwe steht da. Das hat offenbar über gut und gern 70 Jahre hinweg das Leben der Verstorbenen wesentlich charakterisiert. „Ein langes, arbeitsreiches und gutes Leben als Bäuerin hat sich vollendet", liest Ibele weiter. Das ist schön, denkt er beeindruckt. Dabei kommt ihm unversehens der Streit in den Sinn, der im Tal seit Längerem wogt. Ein Streit, in dem es auch um den Krieg geht und um seine Bewältigung, um Erinnerung und um alte Geschichten, die manche gerne vergessen möchten und andere nicht: der Streit um das Silberberger Kriegerdenkmal.

Im Bürgermeisterzimmer wartet bereits ein weiterer Herr, einer, dem genau die Bewegung gut tun würde, zu der er wenigstens im Moment nicht fähig zu sein scheint. Blass und feindselig hockt der feiste Kerl am Tisch, im Sitzen reicht er dem Inspektor die Hand, als Tschofen ihn vorstellt.

„Das ist Norbert Vonderleu, der Bub vom Toten", erklärt das Gemeindeoberhaupt kurz und bündig, als wäre damit alles gesagt. „Inspektor, wir müssen ...", setzt der Bürgermeister dann in einem zumindest altklugen Tonfall an.

Doch bevor Ibele erfährt, wer da was muss, erzwingt sein Diensttelefon einen Aufschub. Der Kollege von der Spurensicherung gibt weitere Neuigkeiten durch: Vonderleu wurde tatsächlich von einem Präzisionsschützen erlegt, allerdings wie vermutet aus relativ kurzer Distanz, keine achtzig Meter vom Opfer entfernt, dreißig Meter neben der unteren Jagdhütte hat man die Patronenhülse gefunden. Sie stammt aus einem Jagdgewehr. Die Herkunft der Munition wird untersucht, es gibt im Tal zwei Geschäfte, die eventuell Auskunft geben können. Die Fußspuren dürften brauchbar sein. Mehr gibt es im Moment nicht. Am Opfer selbst sind außer dem Schuss keine Spuren von Gewalt oder Fremdeinwirkung. Gut, dass der Inspektor jetzt selbst weiß, was er muss.

„Wer könnte heute Nacht in der Hütte gewesen sein, unterhalb derer der Tote gefunden worden ist?", will Ibele scheinheilig vom Jungbauern wissen. Eine Art Knurren kommt aus Vonderleus Ecke.

„Das ist schwer zu sagen. Die Hütte gehört der hiesigen Agrargemeinschaft", kommt ihm Tschofen zu Hilfe, schon wieder in diesem schnippisch-apodiktischen Tonfall, der Ibele nicht gefällt.

„Was wollten Sie sagen, Herr Vonderleu?", setzt er daher betont väterlich nach.

„Ja, nichts, halt dass die Hütte den Agrariern gehört. Es ist nur weil ..." So recht scheint er nicht zu wissen, wohin er will. Oder vielleicht, wohin er gehört?

„Weil was?", erkundigt sich Ibele mit einer dem Bürgermeister Stillschweigen auferlegenden Geste.

„Ach nichts. Der Vater war oft oben, wenn es ihm daheim zu eng geworden ist, wenn er nachdenken hat wollen oder seine Ruhe haben. Er ist ... war nämlich der Chef der Agrargemeinschaft." Das kommt stockend, suchend, als wäre es nicht wirklich das, was gesagt gehört. Ibele versucht den direkten Weg.

„Wo waren denn Sie in dieser Nacht und heute Morgen, Herr Vonderleu?"

„Daheim im Bett natürlich."

„Dafür gibt es sicher Zeugen, oder?"

„Ja, die Mutter, glaube ich." Was es da zu glauben gibt, fragt Ibele nicht. Es geht ihm wiederum eher ums Wissen.

„Also, Sie haben den Toten gefunden heute Früh, Herr Tschofen? Erzählen Sie uns bitte alles darüber: Uhrzeit, Ort, Umstände, Auffälligkeiten ..."

„Schauen Sie, Inspektor, gefunden habe ich ihn nicht direkt. Ich renne normalerweise nicht frühmorgens schon durch mein Dorf. Dafür ist tagsüber noch genug Zeit. Den Schuss habe ich gehört, mir aber nichts dabei gedacht. Es wird viel geschossen derzeit, Sie wissen ja, die Seuche!" Pause. Die Seuche also! Das Problem grassiert seit Monaten im Tal und in den umliegenden Regionen, bis hinaus ins Lechtal und hinüber ins Allgäu. Man weiß es mittlerweile zur Genüge: TBC-krankes Rotwild kommt auf den Alpen in Kontakt mit den Kühen und steckt sie an. Die kranken Hirsche verirren sich schon bis auf die Talweiden. Ob man dem mit dem willkürlichen Abschuss des Rotwilds wirksam begegnen kann? Wäre da nicht eher der gute alte Seuchenteppich angesagt?

Der Inspektor verschickt ein SMS an Antoinette Hagen: „Bitte TBC-Brunnenthal-Doku herrichten. Gruß I.I.I." Schön, wenn man sich darauf verlassen kann, dass jemand seinen Auftrag kennt und ernst nimmt. Daraufhin wendet er sich wieder Tschofen zu.

„Und weiter. Sie haben dann die Polizei angerufen ...", Ibele blättert kurz in seinem schwarzen Büchlein, „... das war um 7:22 Uhr, und dabei doch schon ziemlich gut Bescheid gewusst. Woher bitte, wenn Sie nicht am Tatort gewesen sind?" Tschofen tauscht einen langen Blick mit Vonderleu. Der nickt schließlich.

„Also, schauen Sie, Herr Inspektor, der Norbert hat mich angerufen und mir gesagt, dass der Vater erschossen worden ist." Das Schnippische ist ihm jetzt etwas vergangen. Ungefähr in dem Maß, in dem Vonderleus Nervosität gestiegen ist.

„Woher haben Sie die Neuigkeiten gehabt?", gibt Ibele den Ball gleich weiter.

„Ich hab's gesehen, das heißt gehört, also nicht direkt, aber ich ..." Nein, es geht ihm nicht gut, dem jungen Mann. Er ist noch blasser geworden, schon steht Baldreich mit einem Glas Wasser neben ihm. Weil Ibele den Eindruck hat, dass Tschofens Einfluss ein unguter und hemmender ist, bittet er diesen, für ein paar Minuten nach nebenan zu gehen.

„Aber Herr Inspektor, was habe ich denn getan? Der Norbert kann doch ..."

„... gut für sich selbst sprechen, Herr Bürgermeister! Bitte ..." Murrend verzieht er sich, vergisst aber, die Tür zum Nebenzimmer zuzumachen. Ibele holt das, die Tür energisch schließend, nach, dann wendet er sich an Vonderleu: „Nun, wie war das heute Morgen?"

„Verdammter Mist, mir ist das so peinlich. Jetzt glauben Sie auch noch, dass ich es war, oder? Das nervt echt."

„Ich glaube gar nichts", erwidert Ibele knapp, und wie zufällig wandert sein Blick dabei hinüber zum eleganten Zwiebelturm der kleinen Pfarrkirche, von dem eben drei Glockenschläge erklingen. „Ich will nur wissen, was da los war." Vonderleu schaut zur Tür, hinter der Tschofen verschwunden ist. Sucht er Hilfe, Rat, Unterstützung? Oder ist er froh, ohne dörfliche Mitwisser reden zu können?

„Wir waren in der Jagdhütte heute Nacht, die Mizzi und ich, weil daheim ... Die Mutter mag die Mizzi nicht."

„Die Mizzi?"

„Meine Güte, die Mizzi halt, also die Maria Maldoner, die Serviererin vom Bergblick. Wir haben ... sie ist ... ich bin ..."

„Geht es ein bisschen exakter, Herr Vonderleu? Sie sollen hier keine Grammatikvorlesung halten, sondern mir erzählen, wie Sie den toten Vater gefunden haben." Ibele schlägt einen strengen Ton an. Das hat er bei seinem ersten Lehroffizier gelernt, einem dickbäuchigen Zyniker, und diesen Umgang, so hat er den Eindruck, ist dieses Riesenbaby gewöhnt. Ob es damit gut umgehen kann, ist eine andere Frage. „Wo finden wir die Frau Maldoner jetzt?"

„Die Mizzi? Was wollen Sie denn von der?" Nicht das, was du willst, hätte ihm Ibele fast entgegnet.

„Reden natürlich. Und für Ihr Alibi könnte es auch ganz gut sein, wenn sie Ihre Angaben bestätigt, oder?" Baldreich braucht Ibeles Wink nicht, um der Spurensicherung die Hütte nochmals besonders ans Herz zu legen und sich im Bergblick nach der Mizzi zu erkundigen. Sie wird in zehn Minuten da sein, informiert er gleich darauf, als er den Raum wieder betritt.

„Sie haben also in der Hütte übernachtet von gestern auf heute? Und dann?“

„Wir sind nach Mizzis Feierabend hinauf, gegen elf. Am Morgen war ich früh wach, wie immer. Ich bin in der Hütte gesessen und habe Kaffee getrunken. Wölfe hätte ich gern gesehen, wissen Sie, die sollen ja herum sein in der Gegend. Dann ist der Schuss gefallen und ich bin nachschauen gegangen. Da ist der Vater tot unter der Tanne gelegen und hat keinen Muckser mehr gemacht.“

„Weiter? Was haben Sie unternommen? Jemanden angerufen? Haben Sie jemanden gesehen, etwas gehört?“

„Nein, nichts. Es war alles ruhig. Aber da oben gibt es tausend Möglichkeiten, sich zu verstecken oder in alle Richtungen zu verschwinden. Den Bürgermeister hab ich angerufen. Der kennt sich mit allem aus. Ich hab überhaupt nicht gewusst, was ich tun soll, bin dann mit der Mizzi hinunter ins Dorf, sie in den Bergblick, ich nach Hause.“ Hilf- und wortlos hält Vonderleu Ibele das leere Glas entgegen, auf dass es gefüllt werde. So wird er es gewohnt sein von daheim. Weil das hier wohl eine Ausnahmesituation ist, kommt Ibele dem Wunsch nach. Dass das volle Glas ohne jeden Dank in einem Zug ausgetrunken wird, schluckt er auch noch.

Bald wird der Inspektor andere, drastischere Belege für Vonderleus Auffassung von Sohnes- und Mannesansprüchen kennenlernen, sobald er nämlich im Haus des toten Alpbesitzers einkehrt. Fürs Erste genügt ihm das hier. Es poltert im Hausgang, dann öffnet sich die Tür ins Bürgermeisterbüro einen Spalt, fast gleichzeitig die zu Tschofens Exil.

„Darf ich?", fragt der, während auf der andern Seite ein burschikoses Köpfchen auftaucht, flankiert von zwei blonden Zöpfen.

„Soll ich?", fragt auch die junge Dame und steht schon im Raum, schaut irritiert zwischen ihrem so gar nicht mehr eleganten Cicisbeo und Ibele hin und her. Ihre Dienstkleidung, ein kühn dekolletiertes Dirndl, *trinkgeldfreundlich* nennt man das im Milieu, weist auf den zaghaft sprießenden Frühling voraus.

„Sie bleiben, wo Sie sind ... nur hereinspaziert, junge Frau!", erteilt Ibele seine Kommandos. Mizzi hüpft zu ihrem Berti, ihr Gesicht eine einzige große Frage.

„Was ist denn da los, Berti?" Sie scheint in der Tat keinen Verdacht zu hegen.

„Mensch, Mizzi, was fragst denn so dumm, es ist wegen dem Vater, die sind von der Kriminalpolizei!" Ob Kriminalpolizei oder kategorischer Imperativ, beides sagt der jungen Dame ungefähr gleich viel, nimmt ihr aber auch nichts von ihrer unbezwingbaren Fröhlichkeit, von ihrer vollkommenen Unbedarftheit. Nur ein silberner Ring im linken Nasenflügel und eine sich unschön über den Nacken ziehende großflächige Tätowierung zeugen davon, dass sie von einer Welt außerhalb des Tales weiß, wenn auch äußerst selektiv.

„Was wollen die von dir, Berti? Ist es wegen dem Gewehr in der Hütte?" Ein Ruck geht durch die massige Gestalt des Angesprochenen, er ballt die Fäuste und knurrt in Mizzis Richtung.

„Welches Gewehr denn, Frau Maldoner?", hakt Ibele nach.

„Hat dir mein kleiner Knaller nichts erzählt von seinen Büchsen? Ist doch kaum etwas schöner, als wenn es ordentlich rund geht, so wie mit all den tollwütigen Hirschen in der Gegend! Er trifft immer, mein Berti, sag ich dir!" Ibele bekommt Lust, den jungen Mann eine Weile zum Bürgermeister zu schicken, aber er rührt sich eh kaum noch. Wenn Norbert schießt wie ein Cowboy, dann redet Mizzi mit derselben Vehemenz: direkt aus der Hüfte, möchte man sagen, und doch auf Augenhöhe. Also wechselt auch Ibele auf eine direktere Ebene.

„Was soll er uns denn erzählen, Mizzi?"

„Frag ihn halt einmal, wer da geschossen hat heute in aller Herrgottsfrüh, wer mich aufgeweckt hat mit seinem Stutzen, dann wirst du es schon hören!" Wenn die mit allem so kurzen Prozess macht wie mit den Höflichkeitsregeln, dann gute Nacht! Das ist wirklich ein Naturkind. Nur warum sie lacht nach jedem Satz, ist noch nicht klar. Findet sie das alles witzig? Findet sie alles witzig?

„Ich sicher nicht, du dummes Huhn! Hör endlich auf mit dem Schmarren, sonst kracht's wirklich! Warum soll ich meinen Vater erschießen, ha? Kannst du mir das sagen? Weil er kein Vieh mehr im Stall hat vielleicht? Oder weil er immer noch der größte Alpbesitzer ist im Tal? Du hast echt keine Ahnung, geh wieder arbeiten, Mensch!"

„Warum sollte er denn geschossen haben, der Herr Vonderleu, deiner Ansicht nach, Mizzi?", fährt Ibele dem Jungbauern in die Parade.

„Was weiß denn ich? Weil's lustig ist, und weil die Hirsch eh weg müssen." Natürlich folgt darauf ein Lacher.

„Auf den Vater meine ich, Fräulein!", mahnt der Inspektor zur Ordnung.

„Keine Ahnung, echt. Da wäre er schön bescheuert! Und das bist du doch nicht, gell Berti!" Weil auch diese Feststellung mit einem heftigen Lachen quittiert wird, könnte es auch eine bloße Vermutung sein. Ibele hilft beides nicht viel.

„Du kannst gehen, Mizzi", beendet er den bizarren Auftritt. Immerhin bekommt Vonderleu von der Abgehenden noch einen Kuss aufgedrückt, der seine Lebensgeister halbwegs animiert. Das wird gut sein, denn Baldreich und Ibele nehmen ihn jetzt in die Mitte und brechen auf, um ihn nach Hause zu bringen. Der Bürgermeister wird auf später vertröstet. Zuerst gilt das Interesse der Kriminalisten der Frau des Toten.

V.
My home is my castle

Das Haus der Vonderleus ist ein prächtiger Hof mit gemauertem Wohntrakt und riesigem Stallgebäude. Davor ist ein schöner Gemüse- und Blumengarten, der Jahreszeit entsprechend leer, einige Beete mit Tannenästen abgedeckt, die Wege dazwischen sauber gekiest. Ein mindestens zwölfendiges Hirschgeweih prangt über dem Eingang, wo Frau und Tochter des Toten die Männer empfangen. Sie führen die Herren in die Stube, einen großen, hellen, holzgetäfelten Raum mit glänzendem Parkettboden und je zwei Fenstern nach Osten und Süden. Ein wunderbarer Brunnenthalertisch mit fantastischen Einlegearbeiten und der obligaten Schieferplatte in der Mitte weckt Ibeles Bewunderung, die omnipräsenten Jagdtrophäen bis hin zum ausgestopften Murmeltier und Auerhahn im Herrgottswinkel dagegen weniger.

„Was ist passiert mit meinem Mann, Herr Inspektor?", fragt die Witwe, Mittfünfzigerin, gleichwohl eine jugendlich anmutende, kräftige, ja schöne Frau, und nimmt dabei ihren Sohn, der mit hängendem Kopf auf der Bank am Kachelofen sitzt, streng ins Visier.

„Wenn wir das wüssten, Frau Vonderleu! Ihr Sohn mag uns noch nichts sagen, obwohl er offenbar nah dran war an den Ereignissen. Was haben Sie mitbekommen vom Ausflug Ihres Mannes?"

„Ich habe nur mitten in der Nacht gehört, dass er aufgestanden ist, das war so gegen halb zwei. Aber das ist nichts Ungewöhnliches in der letzten Zeit. Ein Nachtgeist war er immer. Auch früher, als noch das Vieh da war, ist er oft um diese Zeit für eine Weile in den Stall gegangen." Sie macht eine Pause und schaut zum leeren

Stall hinüber. „Er hat es nicht glauben wollen, dass die Kühe fort sind. Dass es keinen Alpsommer geben soll, hat in seinem Grind erst recht keinen Platz gehabt. Was hat er doch mit dem Schweizer telefoniert in den letzten Tagen! Sogar hinübergefahren ist er ein paar Mal!"

„Wer ist der Mann?", meldet sich Baldreich.

„Ein gewisser Andermatt aus dem Appenzell. Ich kann Ihnen die Daten in Vaters Unterlagen suchen", informiert die Tochter.

„Das hätt er sich alles sparen können, der Vater. Ich hab es ihm oft genug gesagt", mault der Junge dazwischen.

„Wie denn das?", will Ibele wissen.

„Weil das noch die ärgeren Sturköpf sind als wir, und weil sie nur das Geld im Kopf haben!", kommt es trotzig zurück.

„Der Vater hat ihnen sogar Geld geben wollen", versucht die Mutter zu beschwichtigen und gießt doch nur Öl ins Feuer.

„Genau, der wär blöd genug gewesen, sich die Sömmerung von den Appenzellern abkaufen zu lassen! So weit kommt es noch. Nicht mit mir!"

Stille in der Stube. Die Tochter zuckt auf Ibeles fragenden Blick nur die Schultern. Aha, das Geld, denkt Ibele, der Frust und das Geld; und der Vater und der Sohn. Viel mehr braucht es oft nicht. Aber für einen Mord schon, oder? Obwohl: Hat es nicht schon oft genügt? Vor allem, wenn es lange genug gegärt hat in den Gemütern? Im Haus ist Türenschlagen zu hören, dann schlurfende Schritte im Gang. Die Stubentür geht auf, ein Greis kommt herein. Eine erkaltete Pfeife im Mund, bekleidet mit buntem Hemd, wollener Weste, grüner Jägerhose und Pantoffeln. Die Tochter fordert ihn auf, Platz zu nehmen.

„Komm, Ähne, setz dich zu mir. Die zwei Herren sind von der Polizei.“

„Von der Polizei? Ich war auch bei der Polizei, im Krieg damals. Da hat man auf ihn gehört, auf den Johann Fürchtegott Vonderleu ...“ Die Tochter schüttelt den Kopf, macht Ibele ein Zeichen: Im Oberstübchen des Alten ist nicht mehr alles so, wie es sein sollte. „Gut, dass ihr da seid, ihr zwei. Wir müssen jetzt endlich aufräumen mit der roten Bande, den Eisenbahnern und Italienern. Es wimmelt schon wieder von denen! Das Denkmal bleibt stehen, das sag ich euch! Woher wollen diese Rotzbuben wissen, was ein Held ist? Bleistifte spitzen, das können sie. Aber kämpfen? Ich war in Frankreich, Inspektor, und in Russland. Das Denkmal bleibt.“ Wieder macht die Tochter Ibele ein Zeichen. Er folgt ihr nach draußen.

„Wissen Sie, worum es bei dem Denkmal geht, Herr Inspektor?“ Ibele weiß es, nicht im Detail, aber im Prinzip. Es geht um die alte, leidige Geschichte. Das 1968 eingeweihte Kriegerdenkmal erinnert an die Gefallenen der Weltkriege, oder besser: an die Soldaten. Leider auch an zumindest einen Anti-Helden, einen, der auf der falschen Seite agiert hat, auf der ganz falschen Seite. Und wie er agiert hat! Sein Ende war unrühmlich und ist von der Nachwelt unter den Teppich gekehrt worden, zu all dem andern Dreck. Das bestätigt die aufgeweckte junge Frau und ergänzt: „Dabei darf es nicht bleiben! So denken viele im Tal. Wir wollen das Denkmal weghaben. Einen Friedensplatz statt eines Kriegerdenkmals zu initiieren, das ist harte Arbeit, das können Sie mir glauben. Im Dorf scheiden sich die Geister. Mein Bruder und mein Großvater haben sich ziemlich exponiert. Der Pfarrer übrigens auch, der würde am liebsten Messen lesen auf dem SS-Altar, so nennt man das Denkmal auch. Doch daraus wird nichts! Gut, dass es die Agathangela gibt, sonst könnte man den Alten total vergessen!“

„Gut, dass es wen gibt?“

„Die Agathangela Arkadia Brenner, das ist die Pfarrersköchin, Haushälterin, Sekretärin und weiß Gott was noch alles. Sie ist eine ganz besondere Frau, mit der müssen Sie reden!“

„War Ihr Vater auch in den Denkmal-Streit involviert?“

„Der Vater? Nicht wirklich, nur eben der Großvater, soweit ihn noch jemand ernst nimmt, was eh keiner tut, aber brauchen können sie ihn eben, die Halunken. Der Norbert rennt mit, weil er halt überall mittut, wo laut geschrien wird und er nicht viel nachdenken muss. Der Vater hat eher dem Pfarrer seinen Seich nachgebetet, wahrscheinlich aus purem Eigennutz. Die Kirche ist nämlich Eigentümerin der schönsten Alpen in der Talschaft und die größte Waldbesitzerin. Da hat sie sich mit Vaters wirklicher und einziger Leidenschaft getroffen, mit seiner Alpe Latins und überhaupt mit der Alpwirtschaft und mit der Jagd. Seit aber die TBC-Geschichte aufgekommen ist und das Wild geschossen wird, was das Zeug hält, ist vieles anders. Seit zudem klar ist, dass heuer kein Vieh aus der Schweiz auf die Alpen kommt, ist der Vater ein gebrochener Mann. Was ist er nicht herumgefahren in den vergangenen Wochen, ins Appenzell, ins Liechtensteinische, auch ins Lechtal und ins Allgäu, nach Bregenz hinunter sowieso, um mit allen möglichen Leuten zu reden und zu verhandeln! Genützt hat es wenig. Vierzehn Tage ist es her, da hat mich der Bertram von der Raiffeisenbank gefragt, was er natürlich nicht hätte dürfen, aber er hat das Gefühl gehabt, er muss, hat er mich gefragt, ob ich mir nicht einmal anschauen möcht, was der Vater mit dem vielen Geld tut, das er von Großvaters Sparbuch abhebt. Er hat sich auch mit allen zerstritten im Dorf, eigentlich im halben Tal, mit den Bauern, den Jägern, dem Landesrat, dem Veterinär, geblieben ist nur der Pfarrer. Der Norbert war zu nichts zu gebrauchen, er ist viel zu träg, sogar die Mizzi, dieses Luder, wickelt ihn um den Finger, wie sie es braucht."

„Er war oben in der Hütte, der Bruder, trauen Sie ihm zu, dass er ..."

„... dass er den Vater umbringt? Kaum. Ich wüsste auch nicht warum. Er hat rein gar nichts davon, dass der Vater tot ist, echt nicht. Wahrscheinlich ist er, sobald Sperrstunde war im Bergblick, mit der Mizzi zur Jagdhütte hinauf, wie so oft, wegen dem Vater. In manchen Dingen ist er furchtbar streng gewesen. Man treibt sich nicht mit Frauen herum, man heiratet sie, hat er immer gesagt. Doch mit dem Heiraten allein ist es auch nicht getan, das hätt er selber am besten wissen können. Der Vater hat die Mizzi nicht im Haus geduldet. Leider."

„Warum leider und warum am besten wissen?", forscht Ibele, ein Meister der Zwischentöne.

„Weil es mich auch trifft mit meinem Toni. Obwohl das eine andere Geschichte ist. Die beiden sind sich wegen der Denkmalfrage in die Haare geraten. Der Toni und ich, wir sind seit drei Jahren verlobt, der Vater lässt mich nur nicht heiraten. Der Toni ist nämlich Geschichtelehrer am Gymnasium in Bludenz und will unbedingt das Denkmal mit dem eingemeißelten Nazischergen weghaben. Aber was erzähle ich Ihnen da? Der Vater ist tot, was soll da das blöde Denkmal? Können wir wieder hineingehen? Ich möchte die Mutter nicht so lange mit dem Norbert allein lassen. Er ist so schon gemein genug mit ihr."

„Gehen Sie ruhig, und schicken Sie mir bitte den Baldreich mit Ihrem Bruder heraus. Mit der Mutter rede ich später noch." Ibele geht einstweilen ein paar Schritte auf den Gartenwegen. Im Osten gleißen die schneebedeckten Gipfel in der Mittagssonne, im Tal unten spielt sich im Spielzeugformat das Leben ab. Autos fahren hin und her wie Ameisen, eine Garnitur der Brunnenthalerbahn schnauft und quietscht den Bergen zu. Die schandbar teuren Sprungschanzen recken ihre drei oder vier grünen Finger in die Höhe: so viel Geld, nur damit ein paar Wagemutige etwas zu hüpfen haben. Oder ist es mehr ums Bauen gegangen? Er soll mit dem jungen Vonderleu wieder ins Gemeindeamt hinübergehen und im Sitzungssaal auf ihn warten, weist Ibele seinen Kollegen an, vielleicht sei etwas zu erfahren darüber, wie er die Nacht und vor allem den Morgen verbracht hat. Er selbst wird bald nachkommen. Vom Kirchturm schlägt es zwölf. Soll man zum Mittagessen im Bergblick einkehren? Besser vorab klären, was über den Toten zu erfahren ist und was es mit den Waffen in der Jagdhütte auf sich hat, vielleicht auch mit dem hochwürdigen Herrn Rüscher reden. Das, so beschließt Ibele, tut er zuerst, und wenn er ihn beim Mittagessen stören muss.

VI.
Tenebrae factae sunt, dum crucifixissent Jesum Judaei

14. April 2015, Mittag, im Pfarrhof, für Jahrhunderte gebaut

Stattlich ist der Pfarrhof, blitzblank, gepflegt, auch hier ein großer Garten, der viel Arbeit für die einen und viel Ernte für die anderen verheißt. Auf Ibeles Klopfen hin öffnet sich die reich verzierte hölzerne Tür, ein Weiblein erscheint, zweifelsfrei die Pfarrersköchin mit dem wohlklingenden Namen. Ein Weiblein, ja, aber zugleich eine Dame, eine zierliche, aufrechte Gestalt, gekleidet in ein schlichtes, dunkles, erdfarbenes Kleid, sogar ein weißes Häubchen trägt sie. Das hat jedoch nichts Klösterliches, eher schon etwas Aristokratisches, Souveränes. Wie alt mag sie sein? Sechzig? Siebzig? In ihren Augen wenigstens blitzt und funkelt es hellwach.

„Sie sind von der Polizei, stimmt's? Wegen dem Mord am Adolf Gottlieb. Kommen Sie herein, der Pfarrer ist im Esszimmer." In freundlichem Ton sagt sie das, mit leiser, fester Stimme, in der tatsächlich viel Gefühl, viel Klugheit und Wärme liegen. Der Pfarrer, klein und beleibt, in schwarzem Anzug, weißem Hemd und schwarzer Krawatte mit um den Hals geknoteter Serviette, sitzt an einem kunstvoll gearbeiteten Brunnenthalertisch. Vor ihm stehen eine Suppenschüssel, ein Brotkörbchen, eine gläserne Karaffe mit Rotwein und ein halbvolles Glas. Hochwürden isst von Blaurandgeschirr, wie Ibele es seit Jahrzehnten nicht mehr gesehen hat, und mit schwerem Besteck. Das Zimmerchen riecht nach Sauberkeit, Bohnerwachs und frischem Brot. Die Aufforderung, Platz zu nehmen, nimmt Ibele an, setzt sich dem geistlichen Herrn gegenüber, der geräuschvoll seine Suppe weiterlöffelt. Ibeles wohlmeinende Aufforderung hätte er dazu sicher nicht gebraucht. Agathangela hat sich nebenan in der Küche zu schaffen gemacht und bleibt in Hörweite. Dem Inspektor ist es recht.

Nachdem Arkadia, wie der Pfarrer sie nennt, die Suppe abserviert hat, beginnt Rüscher ganz von selbst zu reden. Was Ibele zuerst auffällt, ist der aggressive, besserwisserische und doch auch kaltschnäuzige Ton, mit dem er seine Klagen, eigentlich seine Anklagen, vorträgt. Da geht es um die TBC-Geschichte, um die dauernde Schießerei in den Wäldern, um die gespaltene Jägerschaft und natürlich um das Vieh, das geschlachtet werden muss, sowie um die Alpen, die nicht bewirtschaftet werden können, weil die Schweizer Herden ausbleiben.

„Und alles musste der Adolf büßen, als wäre er mit seinen Kühen nicht schon genug in die Bredouille geraten!“ Bevor Ibele den Adolf noch recht zuordnen oder eine Frage stellen kann, erscheint die Köchin mit einer großzügig dimensionierten ovalen Blaurandplatte, auf der sich Bratenstücke, Kraut und eine Art Knödel türmen. Ein unwiderstehlicher Duft durchzieht den Raum. Rüscher ähnelt mit einem Mal bedenklich Pawlows Hund – er speichelt hemmungslos. Vom silbernen Rechaud auf der Anrichte nimmt Arkadia einen vorgewärmten Teller und richtet für den Pfarrer eine ordentliche Portion an, die sie ihm ganz korrekt von rechts einstellt und dabei eine gesegnete Mahlzeit wünscht. Dann folgt einer jener Momente, in denen Ibele seine gute Erziehung und sich selbst zur Hölle wünscht, als er das Angebot des Pfarrers, doch mitzuhalten, ablehnt, ohne wirklich zu wissen warum. Aus Höflichkeit? Der fehlende Hunger ist es nicht und riechen tut dieser Schweinsbraten, dass einem fast die Sinne schwinden. Außerdem hat Ibele auf den zweiten Blick die Knödel als Hafoloab identifiziert. Das ist eine Rheintaler Spezialität aus Maisgrieß, Milch und Butter, mit der es keine Kartoffelknödel, keine Schupfnudeln und erst recht keine Gnocchi oder derartiges Zeug aufnehmen können. Vielleicht lehnt er auch nur ab, weil er *dem* nichts wegessen will. Oder weil er einen anderen Braten gerochen hat?

Gerade als sich Ibele mit dem Gefühl verabschiedet, hier nicht zum letzten Mal gewesen zu sein, führt die Köchin einen Mann herein, der mit gesenktem Kopf filmreif seinen Hut in den wie zum Gebet gefalteten Händen vor der schmalen Brust hält. Der Inspektor kennt diese Geste. Es ist die auf einem berühmten Gemälde verewigte Szene mit einem armen Bauernpaar auf seinem abgeernteten Acker, das „Angelusgebet". Als billiger Druck in der Küche seiner Lieblingstante hängend, hat sich das Bild Ibele für immer eingeprägt. Bis hin zur devoten Haltung passt der Mann perfekt in die Szenerie. Nur die grüne Warnweste mit den Leuchtstreifen und das piepsende Telefon verorten ihn im Heute. Außerdem geht von seinen Wollsocken ein unangenehmer Geruch aus, was im Gegensatz zu seiner sorgfältigen Rasur und den beneidenswert dichten und gewellten Haaren steht.

„Was gibt's denn, Breuss?", erkundigt Rüscher sich mit vollem Mund.

„Es ist wegen dem Adolf, dem Gottlieb, Herr Pfarrer, der Marent schickt mich. Kann ich schon anfangen mit dem Graben? Den Platz kenn ich, Sie haben ihn mir ja gezeigt letzte Woche." Rüschers tief über dem Teller hängender Kopf hebt sich ruckartig, fixiert zuerst den Frager und dann mit einem Seitenblick Ibele.

„Fang an, Hans, und red nicht immer so viel, wie oft muss ich dir das noch sagen! Ein Wink mit dem

Zaunpfahl nützt gar nichts, wenn einer den Balken im Auge hat", ergänzt er kumpelhaft zwinkernd dem Inspektor zugewandt. Als würde ein Splitter im eigenen nicht genügen, denkt sich der.

„Stimmt das, Herr Pfarrer, dass Sie dem Mann schon vor einer Woche den Platz für Vonderleus Grab angewiesen haben? Wie geht das? Sind Sie Hellseher?"

„Ich bin alles andere als ein Hellseher, schon eher ein Schwarzseher, nicht wahr, Arkadia? Das mit dem Grab kommt nur daher, dass sich der Adolf kürzlich eine neue Familiengrabstätte gekauft hat, weil die alte aufgelassen worden ist. Er soll sich das eintragen in seinem Friedhofsplan, habe ich dem Breuss gesagt." Wie zur Bekräftigung gießt der Pfarrer reichlich Soße über sein Bratenstück und säbelt weiter. Ibele hat genug gehört und gesehen. Er erhebt sich, Rüscher verabschiedet ihn segnend, Agathangela geleitet ihn zur Tür. Ihre hellen Augen geben einen vielsagenden Kommentar zum Auftritt des geistlichen Herrn.

Vor dem Gemeindeamt wartet ungeduldig der Kollege Spurensicherer. Also: Die beiden verdächtigen Gewehre aus Vonderleus Hütte werden untersucht, die Fuß- und Fingerabdrücke ebenso. Morgen weiß man mehr. Am Toten selbst haben die Männer vorderhand nichts mehr herausgefunden. Im Sitzungszimmer harrt der junge Vonderleu unter Baldreichs Aufsicht der Dinge, die da kommen. Der Bürgermeister sitzt an seinem Schreibtisch und beendet soeben ein Telefonat mit den Worten „Weidmanns Dank, Frau Landesrat". Oha, sagt sich Ibele, der schlaue Fuchs geht um. Oder schleicht sich der böse Wolf an? Er wendet sich an den Jungbauern.

„Nun, Herr Vonderleu, wollen Sie uns noch immer nichts erzählen über das, was heute Morgen passiert ist?"

„Was möchten Sie hören? Dass ich den Vater erschossen habe? Sicher nicht. Das ist alles ein Blödsinn. Fragen Sie doch den Appenzeller! Der ist dem Vater auf die Pelle gerückt. Vielleicht wollte er sich sein Geld abholen, ohne eine Leistung dafür zu erbringen. Solche Typen soll es geben."

„Keine Sorge, wir kümmern uns um den Mann. Schade nur, dass Ihnen die Mizzi kein richtiges Alibi liefern kann. Und die beiden Gewehre machen Ihnen gar keine Sorgen?"

„Nein, machen sie mir nicht. Ich hab damit auf Füchse geschossen in der Nacht. Das darf ich." Womit für den Inspektor jener Punkt erreicht ist, an dem es ihm reicht; weil wer was darf und was nicht, möchte er sich von so einem nicht sagen lassen. Er übergibt den Fuchsjäger dem Ortspolizisten mit dem strengen Auftrag, ihn für eine Stunde oder zwei in Gewahrsam zu nehmen, vorläufig festgenommen wegen Mordverdacht, Fluchtgefahr und zu viel Frechheit. Letzteres sagt er nicht dazu.

„Komm, Karl, wir gehen in den Bergblick." Das nimmt Vonderleu mit einer besonders aggressiven Version seines Knurrens zur Kenntnis – was ihm rein gar nichts bringt. Türtscher hat ihn schon am Schlafittchen. Höchste Zeit, dass dem die Flügel gestutzt werden!

Im Bergblick ist nicht viel los, nur ein Tisch mit Hausgästen sitzt beim Kaffee. Obwohl Ibele nicht des Essens wegen hier ist, fragt er die sich hinter dem Tresen langweilende Mizzi, ob noch etwas zu haben wäre. Nicht einmal jetzt bleibt bei ihrem Blick auf die Wanduhr der obligate Lacher aus.

„Viertel vor zwei, da kannst du nur noch heiße Würstle haben, Wienerle, oder Knacker, halt Schübling, paniert, wenn du willst."

Ibele bestellt ersteres, Baldreich ein paar heiße Schüblinge, auch Beamtenforellen genannt. Beides sind Speisen, die man eher aus Kult- oder Nostalgiegründen als des Hungers wegen verzehrt. Im Fall des Inspektors sind sie vorwiegend eine Gelegenheit, sich dem Senf zu widmen. Von dem kann er kaum genug kriegen, hat er zumindest bis heute geglaubt. Als gestandener Vorarlberger schwört er natürlich auf den aus Lustenau. Gegen den kommt nur noch der echte aus Dijon an, der körnige, oder der englische Spezialsenf meinetwegen, süß und scharf zugleich, auch wenn er aus Wien kommt. Gleich wird der Feinspitz jedoch etwas Neues kennenlernen. Keine zehn Minuten sind vergangen, da kurvt Mizzi mit zwei Tellerchen aus der

Küche. Sehr originell arrangiert mit einem zwischen die Würstchen montierten winzigen Glas Senf und einem schönen Häufchen Kren, frisch geriebenen, mit stechend scharfer Note.

„Obacht, die Herren, der Senf ist ein bisschen scharf", warnt Mizzi – natürlich lachend –, „Chilisenf aus Lustenau, der hat gut eine Million Scoville." Vor lauter Lachen und aus reiner Neugier bleibt sie am Tisch stehen.

Für Ibele sind Scoville keine maßgebliche Drohung, auch nicht eine Million, wenn es das überhaupt gibt. Wie gewohnt halbiert er das erste Würstchen händisch. Herrlich, wie das knackt! Dann halbiert er die Hälfte nochmals und taucht das Würstchenviertel tief ins Senfglas. Auch das wie gewohnt, weil scharf relativ ist und der sogenannte scharfe Lustenauer Senf bislang noch nie Anlass zur Aufregung gegeben hat. Höchstens ansatzweise pikant ist der. Eine schöne Senfhaube türmt sich auf dem Wurststücklein, das Isidor nun durch eine elegante Handgelenksdrehung mit frischem Kren überzieht. Jetzt die Augen zu und nichts wie ab ins Papperl mit dem Happerl.

Was dann passiert, kann jemand, der es nicht selbst er- und überlebt hat, nur schwer nachvollziehen. Alle Vorstellungen betreffend scharf oder sehr scharf werden pulverisiert, zerstäubt von der Explosion, die sich in Ibeles Mund ereignet. Reflexartig schluckt er alles unzerkaut hinunter, reißt ein Stück von der vor ihm liegenden Semmel, stopft es sich in den Mund und gießt Apfelsaft nach, bis er ihm mit aufgeweichten Brotbröseln vermischt zu den Mundwinkeln heraustropft. Mizzi hält sich den Bauch vor Lachen, läuft dann in die Küche. Baldreich schaut verwundert auf, noch immer damit beschäftigt, seinen Schübling zu schälen. Gerade als Ibele sich nach Luft ringend die Tränen aus den Augen gewischt und halbwegs klare Sicht erlangt hat, steht Mizzi wieder vor ihm und hält ihm wiehernd ein Glas vor die Nase, in dem sich eine von giftig roten Punkten durchsetzte kurkumagelbe Masse befindet. Kurz überlegt Ibele, ob er das Zeug zuhanden der Suchtgiftabteilung beschlagnahmen soll, bestellt dann aber lieber einen halben Liter Milch.

„Eiskalt und schnell“, faucht er Mizzi an, was halbwegs in seinem Hecheln untergeht. Weil Baldreich so tut, als ob nichts wäre, kann auch Ibele kaum glauben, was ihm eben widerfahren ist. Wortlos zeigt er auf das Gläschen und fordert den Kollegen mit einer unmissverständlichen Geste auf, zu kosten. Der holt sich eine Gabelzinkenspitzenportion davon heraus, so winzig, dass sie mit freiem Auge kaum zu erkennen ist, spießt dazu ein mundgroßes Stück Knackwurst auf und verschlingt es mitsamt einem Bissen Schwarzbrot. Die Wirkung bleibt dennoch nicht aus.

„Molldu, mei liaba Dozenhocker, höllisch, Isidor, des isch sakrisch scharf! Was tun denn die da hinein?!“ Mit denselben homöopathischen Dosen setzt auch der Inspektor nach dem in einem Zug hinuntergestürzten Glas Milch sein Wurstmahl fort. Als Mizzi die Teller abräumt und zu einer so oder so überflüssigen Bemerkung über das noch gut dreiviertelvolle Senfglas ansetzt, kommt Ibele ihr zuvor.

„So Mizzi, und dann kommst du zu uns, wir müssen mit dir reden!“ Das quittiert sie mit keinem Lachen. Endlich! In weiterer Folge erfahren die Kriminalisten von der Maid einige brisante Details zu des jungen Vonderleus Lebenswandel und Gefühlshaushalt. Vor allem aber kann sie den Verdacht nicht entkräften, der Sohn habe am Morgen tatsächlich die Waffe auf den

Vater gerichtet. Sie würde gerne, weil ihr der Kerl am Herzen liegt. Zuletzt ihr gesegneter Schlaf erlaubt es nicht, ein stichfestes Alibi für den Liebsten zu liefern.

Was anfangen mit dem Gockel? Einsperren? Das wird so einfach nicht sein. Ibele greift zu einem alten Hausmittelchen: Kurzerhand verhängt er Stubenarrest und geleitet den Delinquenten unter allerhand Vorhaltungen und Belehrungen in sein Elternhaus. Dort sitzt die Mutter mit dem Alten und der Tochter in der Küche. Es wird Kaffee getrunken, der Nachmittagskaffee, Filterkaffee. Die Ankunft des Sohnes heitert die sicht- und fühlbar gedrückte Stimmung nicht auf, im Gegenteil, ein weiterer Schatten legt sich auf die Menschen. Als Ibele zu einer Erklärung ansetzen will, tritt mit kräftigem Klopfen der Pfarrer ein. Der verkündet, dass die Beerdigung am kommenden Freitag stattfinden wird, um zehn Uhr vormittags. Ob er denn das mit der Gerichtsmedizin abgesprochen habe, fragt ihn Ibele. Nein, erhält er zur Antwort, aber mit dem Bestatter aus Schruuh, drunten im Tal, der wird sich wohl auskennen. Fragt sich nur worin, denkt Ibele, verkneift sich aber den Kommentar und beschließt, für diesmal einfach zu glauben, was Hochwürden predigt. Es wird sich schon ausgehen mit Freitag. Morgen Vormittag werde er benachrichtigt, wie es weitergeht mit ihm, bescheinigt Ibele dem jungen Vonderleu, bis dahin dürfe er das Haus nicht verlassen.

„Kann ich Sie einen Moment allein sprechen?“, wendet er sich an die Witwe, die ihn daraufhin in die Stube führt.

„Haben Sie mit so etwas jemals gerechnet, Frau Vonderleu? Hat Ihr Mann von Anfeindungen erzählt oder sonstige Andeutungen gemacht in den vergangenen Wochen?“

„Nein, Herr Inspektor, nichts, nie. Er war zwar unzufrieden damit, wie man mit der Seuche umgegangen ist, und er war wirklich sauer auf die Verantwortlichen beim Land und in der Talschaft, das hat er ihnen auch klar gesagt. Auch mit den Schweizer Bauern hat er extrem gehadert, weil die ihm ihre Kühe nicht mehr bringen wollten, besonders der Andermatt aus Herisau. Aber wer sollte ihn umbringen? Wozu? Ich kann mir das nicht erklären, wirklich nicht.“ Jetzt den Sohn ins Spiel zu bringen, scheint Ibele fehl am Platz zu sein.

„Ihr Mann hat bestimmt einen Computer im Haus, nicht wahr?“

„Ja, so einen tragbaren hat er in seinem Büro oben. Soll ich den holen?“ Das soll sie. Dass Ibele das Gerät mitnimmt, scheint ihr ausgesprochen willkommen zu sein. Weil der Inspektor seinerseits das Gefühl hat, geholt zu haben, was in dem Haus zu holen ist, verabschiedet er sich. Fürs Erste hat er genug gesehen.

Während die Sonne nicht mehr weit von dem hohen, schneebedeckten Grat entfernt ist, hinter dem sie in Kürze untergehen wird, fährt er mit Baldreich Richtung Bregenz, dem Frühling zu.

VIII.

Der Mensch ist von Grund auf schuldig.
Augustinus

Auf seinem Schreibtisch im Kommando liegen zwei Mappen, eine rote, beschriftet mit „TBC“, und eine gelbe mit der Aufschrift „Denkmal Silberberg“. Antoinette Hagen nimmt den Dank des Inspektors freundlich lächelnd entgegen. Ebenso wie Vonderleus Computer, der an die Spezialisten im Kommando weitergereicht werden soll, und den Auftrag, sich über den Bauern Andermatt aus Herisau schlau zu machen. Baldreich erhält Weisung, die Auswertung der Spuren zu verfolgen, dieselbe so gut es geht zu beschleunigen und unverzüglich zu berichten; auch eine Liste der einschlägigen Waffenbesitzer und Jäger des Brunnenthals ist zu erstellen. Noch bevor er den Oberst aufsucht, vertieft sich Ibele in die beiden Dossiers. So fremd einander die Themen auch sind, gemeinsam ist ihnen der Zwiespalt in der Bevölkerung, der zwischen den Zeilen durchscheint, und der Hinweis auf die dünne Schicht des Einverständnisses, unter der es brodelt, unter der ebenso tiefe wie alte Gegensätze zum Vorschein kommen. Jäger gegen Tierschützer, Pazifisten gegen Ewiggestrige, so und ähnlich stehen die Fronten, die quer durch Gemeinden, soziale Gruppierungen und auch Familien verlaufen. Der Name Vonderleu taucht immer wieder auf, der des toten wie der des jungen, auch der des ganz alten, des Ehrenobmanns des Kameradschaftsbundes von St. Bartholomäi. Die zahlreichen Zeitungsausschnitte und Exzerpte aus der offiziellen Landeskorrespondenz zeichnen ein ungünstiges Bild von der Art und Weise, wie im Tal mit Konflikten umgegangen wird. Die Enge des Tals scheint dem Horizont seiner Bewohner nicht wirklich gut zu bekommen. Solange es irgendwie geht, verteidigt jeder den eigenen Standpunkt mit Zähnen und Klauen, spitzt ihn dabei immer mehr zu, bis keiner mehr vor oder zurück kann, ohne das Gesicht zu verlieren. Wenn dann alle mit dem Rücken an der Wand stehen, gibt es erst recht keinen Spielraum mehr. Wundern muss man sich nicht, wenn einem in so einer Situation die Nerven durchgehen. Nur: Wer war das im vorliegenden Fall?

Vorerst heißt es abwarten. Der Chef ist ausgeflogen, somit kann der Rapport entfallen, was auch kein Schaden ist, und, auch wenn das Wort an Tagen wie diesen unangebracht ist, der Feierabend kann eingeläutet werden. Zeit wird es, nicht nur, weil die Sonne nun auch hinter den Schweizer Bergen, hinter dem Hohen Kasten verschwunden ist und Antoinette Hagen sich verabschiedet, nachdem sie eine weitere, diesmal grüne Mappe vor Ibele abgelegt hat: Andermatt/Hundwil steht darauf.

„Warum Hundwil und nicht Herisau?“, fragt Ibele neugierig.

„Das ist fast dasselbe, es sind nur ein paar Kilometer, also ein paar Viehweiden dazwischen. Und gehören tut eh fast alles dem Herrn Andermatt, dem Hansueli. Übrigens nicht nur Rindviecher und Wiesen, Schweine und Wälder: Er sitzt in mehreren Verwaltungsräten und Stiftungsvorständen bis hinüber nach Zürich und darüber hinaus ins Stumpenland, wenn Sie wissen, was ich meine.“ Der Inspektor als alter Brissago- und Stumpen-Aficionado weiß es, er wundert sich eher, wie Antoinette zu ihrer Tabak-Gelehrtheit kommt.

„Dass man sich einen wie den Andermatt mit 25.000 Euro kaufen kann, bezweifle ich“, fährt sie fort und unterstreicht ihre Skepsis mit einer kleinen Schnute.

Die Mappe packt Ibele mit den beiden andern in seine Aktentasche. Es wird sich nach dem Abendessen ein Plätzchen auf dem Kanapee finden, um sie gründlich zu studieren. Aus Baldreichs Ecke kommt ein flüchtiges „Bis morgen, passt, mach's gut, Isidor". Plötzlich zieht es Ibele magisch nach Hause. Ob es am geheimen Vorrat an Rössli-Zigarren liegt? Oder am knurrenden Magen, der nach dem mittäglichen Würstchen-Chili-Abenteuer nach soliderer Füllung ruft? Beides und mehr!

An allen Ecken und Enden der Stadt lauert der Frühling mit frischem Grün und ersten gelb blühenden Sträuchern. Sonst ist nicht viel los in den Straßen, außer dass sie mit Autos verstopft sind, weil die heutige Neueröffnung der traditionsreichen Gösser-Braugaststätte zu einem Massenevent zu werden droht. Nicht nur seine Abneigung gegen Adabei-Ansammlungen macht Ibele den Verzicht auf den Besuch leicht. Drei, vier Wochen soll der Betrieb erst einmal laufen, dann ist es immer noch früh genug für eine Inspektion. In der Thalbachgasse ist es ruhig, zu Hause erwartungsgemäß ebenso. Ein kräftiger würziger Duft kommt aus der Küche.

„Was gibt's?", ruft Ibele dem dort hantierenden Rösle zu, während er hölzerne Spanner in seine Schuhe steckt.

„Nichts", antwortet Rösles Stimme direkt hinter ihm.

„Was, nichts?", insistiert Isidor noch vor dem schmatzenden Begrüßungskuss.

„Bei mir nichts Neues. Dafür bist eher du zuständig!"

„Ja, leider, und was gibt es zu essen?"

„Was Leckeres natürlich, wie immer." Weil das alles zu vage ist, eilt Ibele in die Küche. Wahnsinn! Auf dem

Herd brodelt ein Kartoffelgulasch, auf dem gedeckten Tisch steht ein Körbchen mit den sagenhaften Vochazer-Pärle, sogar eiskaltes Bier ist parat. Ein Kartoffelgulasch, wie es bei Ibeles noch gekocht wird: mit der herrlich dunkelroten Färbung, das es dem würzigen Paprika verdankt, statt dem blassen Zeug, das in Gasthäusern da und dort serviert wird, mit reichlich Oregano, Majoran, Thymian, speckigen Kartoffeln, Karotten, Zwiebeln und natürlich einer Sonderportion würzigem Landjäger, deftiger Hauswürste und den obligaten Schüblingen. Das ist ein Essen! So gut, dass der Inspektor in echte Feierabendstimmung gerät, für die es allerdings noch zu früh ist. Das zeigt ihm die Lektüre der drei bunten Mappen, an die er sich nach dem Schmaus, gekrönt von einer Tasse schwarzem Kaffee und einem Gläschen altem Genever aus der schweren Steinflasche unverzüglich macht. Letzterer ist ein Mitbringsel von der kleinen Amsterdam-Reise im vorigen Sommer. Die Brunnenthaler TBC-Fälle und deren zwar umfassende, aber wenig sachkundige Bekämpfung, der Denkmalstreit in Silberberg und der Appenzeller Großbauer Andermatt: drei Zeitbomben, von denen jede für sich einigen Zündstoff bietet. Aber wie hängen sie zusammen? Und welche davon war für Vonderleus Tod verantwortlich? Fragen, die auch eine bachsche Cellosuite nicht beantworten kann. Dennoch übt sie auf Ibeles Geist eine Wirkung aus, die ihn für mögliche Antworten weiter öffnet als das so manche Anstrengung selbst des schärfsten Verstandes vermag. Angesichts dieser Musik – oder war es das Kartoffelgulasch? – könnte selbst Ibele dahin gelangen, dem Verstand mit jedem Tag weniger Bedeutung zuzumessen. Vielmehr gilt es jedoch, den Weg vom Verstand zur Intuition, zum oftmals leichtfertig beschworenen Bauchgefühl, offen zu halten. Was könnte dafür geeigneter sein als wirklich schöne Musik und richtig gutes Essen? Eine geraume Weile vor dem zwölften Glockenschlag von der Pfarrkirche herunter übernimmt der Schlaf das Seine, das heißt den Inspektor mitsamt seinem Rösle.

IX.

Zweiter Tag. Mittwoch, 15. April 2015

Als Gott Hypnos, auch genannt der Großzügige, den Inspektor aus seinen Armen entlässt, blinzelt eben die Sonne über den Pfänderrücken. Die durch das offene Fenster ins Zimmer wehende frische Luft tut das ihre zur Wiedererweckung der Lebensgeister. Halb sieben ist es, Rösles Betthälfte ist leer, es duftet nach Kaffee im Hause Ibele. Auf geheimnisvollen Wegen haben sich die Gedanken von gestern Abend in Ibeles Gehirn fortgesponnen. So erwacht er mit tausend Überlegungen, hinter denen wie ein Kobold immer wieder der tote Vonderleu hervorlugt. Was der Vorarlbergbote aus dem Fall gemacht hat, entspricht den Erwartungen: eine Story eben, mehr schlecht als recht, aber einigermaßen engagiert und um Hintergründe bemüht geschrieben; und das Ganze immerhin in einem von kundiger Hand kompetent aufbereiteten Deutsch. So, wie es ihn gestern Abend nach Hause gezogen hat, zieht es Ibele jetzt ins Büro. Aber nicht ohne ein Frühstück! Mit einigen wenigen eingespielten Handgriffen ist der Tisch gedeckt. Viel braucht er nicht morgens, der Isidor. Dennoch möchte er nur ungern auf die Viertelstunde an der Seite seiner Frau verzichten. Dieser Auszeit entspringt eine Energie, die sich nicht allein dem Müsli, den Früchten, der Butter, dem Spiegelei auf getoastetem Nussbrot oder gar dem schwarzen, starken Kaffee verdankt. Vielmehr ist sie jener archimedische Punkt, von dem aus sich noch der hektischste Tag aus den Angeln heben lässt.

„Trink noch ein Glas Wasser, Isidor!“, mahnt das Rösle, während Isidor einen letzten Bissen Brot zerkaut. Wasser und Brot! So gründlich geht man hier zur

Sache, lässt man das Wesentliche zum Vorschein kommen, auch in dem längst ritualisierten Abschiedskuss, Frühstücksschlusspunkt und Wegzehrung in einem. Nun ist es genug.

Ibele schwingt sich aufs Fahrrad und saust über das rumplige Kopfsteinpflaster der Kirchstraße, als gelte es ein Radrennen irgendwo zwischen Paris und Roubaix zu gewinnen. Baldreich schnieft bereits hinter seinem Schreibtisch, grüßt aber munter und signalisiert Neuigkeiten. Von Antoinette Hagen und dem Oberst noch keine Spur. Die Sekretärin beginnt ihren Dienst um halb neun, der Chef auch nicht viel früher. Bis dahin könnte die Auswertung von Vonderleus Computer so weit sein.

Baldreich rapportiert die Erkenntnisse der Spurensicherer. Aus Norbert Vonderleus Gewehr ist zwar geschossen worden, die Tatwaffe ist es aber definitiv nicht. Das Mordwerkzeug ist ein Steyr-Mannlicher-Stutzen. Todeszeitpunkt war zwischen fünf und sieben Uhr gestern Morgen, ein Schuss von hinten ins Herz, ein Kunststück; sonst gibt es am Toten keine Spuren. Auf den Geldscheinen sind nur seine Fingerabdrücke eindeutig zu erkennen, was sonst noch drauf ist, kann nicht zugeordnet werden. Soweit das noch nachvollziehbar ist, muss der Schütze aus dem Wald oberhalb der Jagdhütte geschossen haben. Das hatten wir schon.

„Dann hat der junge Vonderleu wohl nichts mit dem Tod seines Vaters zu tun?“, räsoniert Ibele.

„Nicht direkt jedenfalls“, ergänzt Baldreich.

„Der Schweizer Bauer, dieser Andermatt, eine Kombination aus Großaktionär, Großgrundbesitzer und Großtuer, dürfte ebenfalls kaum in Frage kommen. Was soll der für einen Grund haben, da droben herumzuballern, wenn er nicht einmal seine Kühe ins Ländle schickt? Um das Alibi kümmern sich die Schweizer

Kollegen, sie haben Wachtmeister Studer ins Appenzell geschickt. Er lässt uns übrigens grüßen. Viel suspekter ist mir die Denkmalstreiterei der Silberberger. Wenn da nicht jede Menge verletzte Eitelkeiten, verkrachte Ideologen und primitive Neidereien im Spiel sind, fress ich einen TBC-Hirsch! Wer weiß, mit wem oder gegen wen und worauf sich der Vonderleu eingelassen hat, umso mehr, weil seinem eigenen senilen Vater ein recht unrühmlicher Part in der bescheuerten Nochejasserei zukommt. Auch der Pfarrer hat mich gestern nicht überzeugt. Wir fahren bald einmal hinauf ins idyllische Dörflein."

Die *Nochejasserei* sagt Baldreich nichts, er schaut fragend.

„Ich erkläre dir das auf der Fahrt, das ist etwas hierzulande weit Verbreitetes: Festhalten am Überholten, je vermurkster, desto hartnäckiger. Wie die Kartenspieler, die Jasser eben, den verlorenen, verspielten Punkten nachtrauern. Aber los jetzt, fahren wir!" So geschieht es auch, umso mehr, als der Oberst nicht auftaucht und die inzwischen eingetroffene Antoinette Hagen ob der langen Terminliste sein Kommen erst für den Nachmittag in Aussicht stellt.

„Der Herr Chefinspektor muss aber nicht traurig sein, es gibt dafür morgen eine Sonderbesprechung", stellt sie spitzbübisch lächelnd in Aussicht. Heute, dem Frühling folgend, übrigens in einem Blumenoutfit, das besonders und wie nebenbei alles Knospende zur blühenden Geltung bringt. Baldreich und Ibele quittieren dies mit einem anerkennenden Hast-du-das-gesehen-Augenaufschlag.

Eine Stunde später stoppt Baldreich das Dienstauto auf dem winzigen Dorfplatz von St. Bartholomäi nach einer Runde um den Brunnen. Seine Frage, ob man auf eine kleine Zehn-Uhr-Würsteljause im Bergblick einkehren soll, kommentiert Ibele demonstrativ nicht. Deutlich weniger als gestern wird seine Aufmerksamkeit auch von den gleißenden Bergen und ergrünenden Hängen in Anspruch genommen. Wesentlich mehr ziehen ihn heute die Abgründe an, die sich offenbar zwischen den Häusern und innerhalb der Familien auftun. Schon biegt Türtscher ums Eck, das heißt, er marschiert aus dem Gemeindeamt zielstrebig auf Ibele zu und wehrt dessen Guten-Morgen-Gruß unwirsch ab.

„Nix da, guter Morgen. Weißt du, was ich die ganze Nacht getan hab? Den dicken Vonderleu, diesen Ungustl, bewacht. Den habe ich nämlich spätnachts in den Gemeindekotter gesperrt, weil er zu Hause Rambazamba veranstaltet hat und partout nach Silberberg hinunterfahren wollte, sich den Magister Armellini vorzuknüpfen. Da habe ich ihn mitgenommen und hinter Schloss und Riegel gesetzt. Die Mutter war froh, den Rabauken loszuwerden, das kann ich dir sagen. Und um die Schwester solltest du dich auch ein bisschen kümmern."

„Du kannst den Jungbauern wieder laufen lassen, Othmar. Der Mörder seines Vaters wenigstens ist er nicht. Das Mizzi-Alibi reicht. Seine Stutzen kommen als Tatwaffe nicht in Frage. Was heißt das, ich soll mich um die Schwester kümmern, warum? Weil sie mit dem Lehrer verbandelt ist?"

„Laufen lassen? Dafür also bin ich eine Nacht in diesem Kotter gesessen wie ein Hilfssheriff von Hadleyville? Echt super! Mensch, Isidor, dafür schuldest du mir was! ... Ja, die Schwester, die steht mit beiden Beinen am Boden. Hast du schon gehört, wie sie heißt?"

Hat er nicht, tut es aber unverzüglich: Sie hört auf den klingenden Namen Ramona Nicephora Vonderleu, ist 32 Jahre alt und Gouvernante im berühmten Löwenhotel von Schruns. Nicephora! Wie kommt jemand auf so etwas? Es sei der Name einer bei den Heiligblutschwestern untergekommenen Großtante gewesen, erfährt Ibele. Dazu ist das Löwenhotel eine echte Alternative, oder? Dort, wo schon Hemingway mit Gattin und Gespielin gleichzeitig abgestiegen ist, wie man im Dorf unermüdlich wiederkäut, was der Rest der Welt, der Fachwelt im Besonderen, geflissentlich verschweigt.

„Sie wird dir erzählen, wie die Vonderleus ticken." Dafür interessiert sich Ibele brennend. Also lenkt er seine und Baldreichs Schritte zum vonderleuschen Hof und trifft dort auf den fast gleichzeitig eintreffenden Freigelassenen. Unwillkürlich zieht Ibele den Kopf ein, als er unter dem mächtigen Hirschgeweih hindurch das Haus betritt. Aus dem Augenwinkel nimmt er noch die aus den Fenstern des ersten Stocks hängende Bettwäsche wahr und glaubt, darauf ein weidmännisches Motiv zu erkennen, einen röhrenden Hirsch oder so, könnte aber genauso gut ein Ikea-Elch sein. Auch die Bergler sind durchgestylt heutzutage, nicht nur die städtischen Designfetischisten. Chacun à son goût – jedem Tierchen sein Plaisierchen!

„Frühstück, Inspektor", begrüßt ihn der dem Kotter Entronnene überraschend fröhlich, einen Papiersack mit frischem Gebäck schwenkend. In der Küche sitzen um den großen Tisch Walpurga Philomena, Ramona Nicephora und der alte Johann Fürchtegott, dazu ein junges Bürschlein, das dem Inspektor als Kevin Sven, Sohn von Norbert, vorgestellt wird, Schüler am Bludenzer Gymnasium, ein Lümmel, der im Inspektor allein schon durch seine hingeschleckte Frisur Sehnsucht nach der Bodenständigkeit des jungen Freddy Quinn weckt. Als „mein Jugendwerk" präsentiert ihn der Vater mit, wie Ibele befindet, unangebrachtem Stolz. Auf dem

Küchentisch steht ein Großaufgebot an Marmeladen, Butter, Käse und Speck, dazu enorme Kaffeetassen im selben Hirsch-Design wie die Bettwäsche.

Der Alte palavert mit vollem Mund schmatzend etwas von Polizei und Feuerwehr und Anzünden und Flucht nach vorn, was seine Enkelin mit einem entschiedenen „Hör doch endlich uf mit däm Züüg, Ähni“ beendet. Daraufhin greift der Greis beleidigt zu dem vor ihm liegenden Brot, zu Ibeles nicht geringem Erstaunen ein enormes, mit zwei Griffschneisen für Daumen und Zeigefinger versehenes Marmeladenbrot. Soeben deutet Johann Fürchtegott mit einem knorrigen Mittelfinger darauf und nickt heftig, worauf sich seine Schwiegertochter daran macht, eine weitere Scheibe Schwarzbrot dick mit Butter und Marmelade zu bestreichen, nicht ohne zuvor mit einem kleinen Löffel auf jeder Seite die besagten Schneisen auszustechen, in die der Alte seine Krallen legen kann, ohne sich zu bekleckern.

Kaum ist Walpurga damit fertig, ordert ihr Sohn mit erhobener Tasse: „Mutter, schenk mir Kaffee ein!“ Sie steht auf, umrundet den Tisch, holt die Kanne von der direkt hinter dem Durstigen befindlichen Warmhalteplatte und schenkt ein. Dabei hätte es für diesen genügt, sich umzudrehen, nicht einmal seinen Arm hätte er auszustrecken brauchen. All das und mehr glaubt nur, wer es gesehen hat; zu sehen ist es jedoch leider gar nicht so schwer und selten, wie man glauben möchte.

Wie um den Albtraum zu verscheuchen, besinnt sich Ibele auf den wahren Grund seines Hierseins, an die Geschehnisse, die gestern ihren Anfang genommen haben. Weil nichts vergeht, was so begann, wie sich Ibele, der Logik eines unvergessenen Schlagers folgend, sagt, bittet er Ramona um ein Gespräch unter vier Augen. Was denn der Bruder an ihrem Verlobten, dem Magister Armellini, auszusetzen habe, fragt Ibele in vertraulichem Ton. Die soeben noch morgenfrische Ramona kämpft plötzlich mit den Tränen. Liebeskummer lohnt sich nicht, ist Ibele versucht, ihr zuzuflüstern, und schade um die Tränen auch am Tag – zu der bildhübschen Ramona Nicephora wollen sie ohnehin nicht passen. Nun, für gute Ratschläge in diesen Belangen ist dann doch eher die Mama zuständig. Also übt sich der Inspektor in Geduld, er weiß: Tränen lügen nicht. Wenigstens das.

„Gar nichts", kommt es dann trotzig, „gar nichts hat er auszusetzen. Er betet nur alles dem Vater nach. Für den ist jeder Studierte ein rotes Tuch gewesen. Und der Großvater, der mag den Antonio wegen seinem Namen nicht. Ein Welscher kommt ihm nicht ins Haus, sagt er, und die Eisenbahner gehören in den Tunnel, durch den sie hergekommen sind. Der Antonio aber hat die Silberberger schon fast so weit, dass sie das Denkmal mit dem erschlagenen Nazi abmontieren. Schauen Sie sich die Wahlergebnisse bei uns an: Drei Viertel wählen seit Generationen dieselben Visagen. Nicht einmal die Visagen, sie wählen einfach immer dieselbe Partei. Die können dann tun, was sie wollen, Hauptsache sie marschieren in der Fronleichnamsprozession brav hinter dem Himmel her und geben bei jedem Feuerwehrfest Freibier aus. Klar, dass der Antonio als Sozialist ein Außenseiter bleibt, ein Zwerg, möchte man fast sagen. Und jetzt haben die Kameradschaftsbündler auch noch den Pfarrer mobilisiert. Er soll im Schulamt in Bregenz Stimmung gegen Antonio machen. Dort sitzt der aus dem Tal stammende Oberschulrat, der seine Großmutter verkaufen würde, wenn karrieremäßig etwas herausschaut dabei, ein hochdotierter Posten zum Beispiel. Der Toni soll versetzt werden in eine Bregenzer Höhere-Töchter-Schule, Sacré Cœur oder sowas, Himmelhennen halt. ‚Peppone' nennen die Dörfler meinen Antonio. Die wissen gar nicht, was sie daherreden. Kotzen möchte man! Ich lass nicht zu, dass er ins Unterland muss, zu den Seebrünzlern. Vorher ..."

„Vorher was?", insistiert Ibele auffallend sanft.

„Ach, gar nichts. Was soll ich denn machen? Aber heiraten werden wir. Dem Vater kann es jetzt ja egal sein. Und dann bin ich hier weg. Sie haben ja gesehen, wie sich die Mannsbilder aufführen bei uns. Den Kaffee können sie sich nicht selber einschenken, aber einander abschießen, als wären's tollwütige Hirschen, das geht allemal. Die haben samt und sonders den Krieg noch nicht verkraftet! Was wollen Sie von solchen Kreaturen, Inspektor?" Wenig will Ibele von solchen, nur einen kleinen Schritt oder besser einen großen, wenn's geht, näher an Vonderleus Mörder herankommen, das will er.

„Ihr Neffe, der Kevin, wie schaut es mit dem aus?"

„Ach, wie soll es denn ausschauen? Wie mit allen Kids! Nehmen Sie ihm das Handy weg, dann findet er nie mehr nach Hause, auf Schritt und Tritt müssen ihn seine Apps führen, sonst verhungert er. Er ist ein gutmütiger Kerl, hat aber nichts im Schädel als Computer, Design und Hip-Hop. Manchmal wünsche ich mir schon, alle wären so. Dann könnten die verbohrten Fanatiker einpacken, vom Pfarrer angefangen bis zu den alten Heldenverehrern."

Mit höflichem Dank und besten Wünschen für den Brautstand beendet Ibele das Gespräch. Ramona entschwindet in den oberen Stock. Durch die offene Küchentür sieht Ibele Frau Vonderleu beim Aufräumen, außer ihr ist niemand mehr da. Er klopft leise an und fragt, ob er noch einmal kurz stören dürfe. Das darf er. Walpurga Vonderleu hat jetzt alle Zeit der Welt, nur wofür? Mehr Zeit als der Inspektor hat sie, denn der glaubt nicht daran, dass mit dem Tod des Alpbesitzers die Sache erledigt ist. Zu viele Fäden verlieren sich in einem Dunkel, dem nicht zu trauen ist. Interessant ist es für den Ermittler, bei der Witwe annähernd denselben Ressentiments zu begegnen, die ihm selbst zu schaffen machen: gegen den Pfarrer zuerst, den Bürgermeister, den undurchsichtigen Norbert. Doch mehr als vage Gefühle sind das nicht. Konkret hat Walpurga nichts zu bieten außer einem Kümmelschnaps, von dem Ibele mehr nippt als trinkt, weil Dienst Dienst ist – was er nach erfolgter Verkostung sehr schade findet.

Antoinette Hagen meldet sich telefonisch und gibt bekannt, dass Vonderleus Computer mehr Arbeit macht als erwartet. Der Jäger und Sammler hat ein so undurchsichtiges System – das heißt gar keines – in seinen Speichern, wie es die Spezialisten noch nie gesehen haben. Jedes Dokument muss einzeln irgendwoher zusammengesucht werden. Vonderleu hat nie einen Ordner angelegt, auch der spärliche Mailverkehr ist dem Mann vollkommen durcheinandergeraten. Geduld bis morgen Früh ist angesagt.

In nordöstlicher Richtung, eine knappe halbe Stunde Fußmarsch von der Kirche entfernt, steht hoch droben ein windschiefes Hüttchen. Früher einmal war es das zu einem mittlerweile verfallenen Stallgebäude gehörende Wohnhaus. Reichtum war hier nie zu Gast, aber Zufriedenheit immer. Bewohnt wird es von einem älteren Mann, dem ehemaligen Straßenwärter Hans Breuss. Seine karge Pension bessert er sich als Totengräber auf. Darin besteht sein einziger näherer Kontakt mit den Dörflern – als Tote sind sie ihm am liebsten. Er verbringt einen Großteil seiner Zeit damit, in der Gegend herumzustreunen, oft bis hinunter nach Silberberg. Was ihn umtreibt, ist unklar. Manchmal, wenn die Zeit dafür gekommen ist, bietet er den Gasthöfen und Hotels Pilze an, die er kundig sammelt und wohlfeil verkauft. Heute nun steht dem Waldgänger ein Weg bevor, auf den er sich seit Jahrzehnten geduldig vorbereitet hat. Nicht dass er ihm deshalb leicht fallen würde, im Gegenteil. Hinter Breuss' Rastlosigkeit steht nämlich ein zwar betäubter, aber ein beharrlicher und starker Wille. Noch weiter dahinter steht eine unvergessene Erfahrung. Und ganz, ganz weit hinten stehen Bilder voller Schmerz, die Hans Breuss dorthin geführt haben, von wo er heute nach seinem gewohnten, aus Kartoffeln und Spiegeleiern sowie ein paar über dem Herdfeuer gebratenen Wurstscheiben bestehenden Mittagessen, aufbricht. Zuvor holt er eine verstaubte Korbflasche vom Küchenkasten und schenkt sich ein dickwandiges Glas daraus ein. Am Brunnen vor dem Haus wäscht er seinen drahtigen Oberkörper sorgfältig mit einem Rest Seife, von dem der springende Hirsch ebenso verschwunden ist wie der schwache Zitronenduft. Nachdem er aus der Kommode in der Schlafkammer ein weißes Hemd mit altväterischem Kragen geholt und sich übergestreift hat, das wohl viele Jahre dort gelegen haben mag, geht er wiederum vors Haus. Er wendet sich dem Dorf zu, hebt feierlich das Glas und trinkt den im Hals scharf brennenden Schnaps in einem langen Zug. Dann schlüpft er in seine abgetragene Jacke, setzt den Hut auf und geht. Er schlägt den direkten Weg ins Dorf ein, auf Vonderleus Haus zu, hin und wieder „I kum, mis Maiggi, mis Maiggi“ in seinen ergrauten, heute sorgfältig gestutzten Bart murmelnd.

X.

Niemand weiß und kann wissen, welcher Gedanke ihm in einer Minute kommen wird, was für einen Willen er dann haben, welche Worte er sprechen, welche Bewegung sein Körper machen wird.

Voltaire

Besenböck nimmt noch einen Schluck vom erkaltenden Kaffee, gewürzt mit viel Apfelschnaps, das hat er in seiner normannischen Praktikantenzeit gelernt. Auch wenn die ein paar Jahrzehnte her ist, die wichtigsten Lektionen vergisst man nicht mehr. Zudem ist die Aufgabe, die vor ihm liegt, heikel, genauer: eklig genug. Wenn es nur hilft! Aber daran zweifelt der alte Haudegen nicht. Nur weil einer Vegetarier ist, muss er noch lange kein Weichei sein. Penibel räumt er die Küche auf, richtet alles für das Abendessen her, deckt sogar schon den Tisch und schaltet den vollen Geschirrspüler ein. Ordnung muss sein. Sie ist bekanntlich das halbe Leben. Die andere Hälfte kann dann ruhig ein Riesensaustall sein. Wenn diese Sache erledigt ist, wird Kai-August sich etwas Gutes gönnen. Schon fast halb elf, höchste Zeit. Den Hund schickt Besenböck voraus ins Freie. Er zieht sich berglerisch an, holt seinen starken Wanderstab hervor, befestigt den mächtigen Hirschfänger am Hosengürtel. Man kann nie wissen. Los jetzt! Mit dem leeren Rucksack und drei großen Plastiktüten steigt er in den Keller, wo ihm sogleich der erwartete Gestank in die Nase steigt. Um die rebellierenden Magennerven zu besänftigen, nimmt Besenböck einen weiteren Schluck Calvados und bindet sich ein Tuch vor Nase und Mund. Dann macht er den letzten Schritt, öffnet die Tür zur engen, gekachelten Kammer, nimmt die bereitliegende Fleischgabel und stopft das in grobe Stücke gehauene, mit Gewürm übersäte Fleisch in die drei Plastiksäcke, die er im Rucksack verstaut. Nachdem er das kleine Fenster weit geöffnet hat, verlässt er fluchtartig den Raum, sperrt ihn ab und steckt den Schlüssel ein.

Draußen an der frischen Luft atmet er tief durch. Er ruft den Hund, der sich ihm nur widerwillig anschließt, und marschiert los, aufwärts, der Vonderleu-Alpe zu. Was er da mit sich schleppt, sollte reichen, um den Hornochsen ihren Alpsommer gründlich zu verderben. Vor allem aber um ihnen klar zu machen, dass es mit der hirnlosen Abknallerei des Rotwilds nicht getan ist. Unendlich dankbar ist Besenböck dem Zufall oder seinem braven Tasso, der ihn gleich nach der Rückkehr aus dem mallorquinischen Winterquartier vor vierzehn Tagen zu dem verendeten Hirsch geführt hat, noch bevor die jüngst über die Graubündner Grenze eingewanderten Wölfe ihn gefunden haben. Wahrscheinlich aber hätten die das Wildbret verschmäht, ist das Tier mit dem schönen Geweih doch sicher eines der Seuchenopfer, so abgemagert und nach außen hin unversehrt, wie es unweit der ausgeaperten Wildfütterungsstelle an der Sassarscha-Loipe im Schnee gelegen ist. Was seine Idee, das verdorbene Fleisch in den Alphütten zu verstecken, wirklich bringt, weiß Besenböck nicht. Nur: Irgendwas muss er einfach tun, um den Wahnsinn zu stoppen, der hier um sich greift. Mit Reden und Argumentieren hat er genau gar nichts erreicht, außer ausgelacht zu werden. Nicht nur ausgelacht: Auch die frechen Sprüche und die Gehässigkeiten seinem Vater gegenüber sind wieder laut geworden. Das Geld haben sie genommen, die feigen Schleimer, für ihre Feuerwehr, ihre Bergknappenmusikkapelle und das Silbermuseum, aber Dank oder gar Gerechtigkeit darf man sich nicht erwarten von ihnen.

Drei Alpen hat Besenböck auf seiner Wanderung quer hinüber bis nach Latins im Visier. Die Zeit ist günstig. Noch sind keine Wanderer, keine Biker unterwegs. Da und dort liegt noch Schnee auf den Wegen. Es ist nass und rutschig an den steilen Hängen, doch für Besenböck ist das kein Problem, schon allein sein innerer Furor treibt ihn weiter. Die erste Hütte ist nach zwei Stunden erreicht. Mit wenigen Handgriffen ist die Stalltür geöffnet, schnell sind ein paar ordentliche Brocken vermeintlich tödlichen Hirschbratens unter den kärglichen Heuvorräten versteckt. Mit ein paar großen Schlucken Calvados belohnt und beruhigt sich Besenböck. Weiter geht's. Er stapft aufwärts, meidet die Schneefelder. Spuren möchte er keine hinterlassen, wer weiß. Irgendeiner von den Schießwütigen strolcht hier doch immer herum. Besonders seit im Tal keiner mehr dem andern über den Weg traut. Die zweite Station ist nach einer Dreiviertelstunde absolviert. Rasch werden die Schatten länger, schon schickt sich die Sonne an, hinter dem Klöppelschrofen ins Schweizerische hinabzusinken. Der stahlblaue Himmel ist zerfurcht von den Kondensstreifen zahlreicher Flugzeuge. Besenböck ist es recht, dass er sich flott seiner letzten Station nähert. Er quert jetzt einen abschüssigen, von stählernen Lawinenverbauungen gesicherten Hang. Wohl ist ihm nicht dabei, er schwitzt stark, der Gestank aus dem Rucksack macht das Atmen schwer. Ein ungutes Gefühl lässt ihn nicht los. Es ist das bedrohliche Gefühl, beobachtet und nicht allein zu sein. Es hat nichts mit der ständig präsenten Frage zu tun, was seine Frau zu dieser Aktion sagen würde. Annemarie ist weit fort und überhaupt mit anderen Dingen als Viehhaltung und Abschussplänen beschäftigt. Etwas anderes zerrt an Kai-Augusts Nerven; etwas, das auch mit der dritten Dose Einhorn-Bockbier nicht zum Schweigen gebracht werden kann. Ist es wirklich nur ein morscher Ast, der hinter ihm bricht, ein Reflex des letzten Sonnenlichtes, der dort über ein Schneefeld huscht, ein Hase, ein Fuchs, ein Reh, die die dürren Blätter zum Rascheln bringen?

Weit ist es nicht mehr bis nach Latins. Schon sieht er die Hütten, geduckt wie alte Hexen hocken sie am Hang; Hexen, die nur darauf warten, ihm den Besen über die Rübe zu ziehen. Es wird niemand oben sein, oder? Nein, heute, am Tag nach Vonderleus Tod, sicher nicht. Vonderleus Mörder vielleicht? Lächerlich! Der etwas kurzsichtigen Strategie folgend, wonach mehr auch gleich besser ist, nimmt Besenböck noch einen kräftigen Schluck Calvados, den letzten. Immer schwieriger wird es auch, den Hund ruhig zu halten, der stinkende Rucksack macht ihn schön langsam verrückt. Jetzt hat er scheinbar etwas entdeckt ein Stück weit oben, knapp unterhalb der Alpe. Wild bellend jagt er den Hang hinauf. Kai-August nutzt die Verschnaufpause schwer atmend, wischt sich mit dem Taschentuch den Schweiß von der Stirn. Skeptisch schaut er auf die Uhr. Doch, das geht sich genau aus. Der Rückweg wird nicht lange dauern, vielleicht geht er sogar durchs Dorf. Warum nicht? Er ist hier bekannt als unermüdlicher Wanderer, den Piefke-Wiedergänger nennen sie ihn. Die haben's nötig! Auf seinen Stock gestützt versucht er, Herz und Gedanken wieder in ruhigere Bahnen zu lenken. Was soll schon passieren? Adolf Gottliebs Tod ändert für ihn nichts. Seit so gut wie sicher ist, dass das Denkmal abgebaut wird, schaut es so aus, als ob auch die Sache mit dem

Vater endlich vorbei wäre. Für die andern wenigstens. Seine eigene, höchst private Rechnung ist noch offen, bleibt offen. Bis heute hat außer ihm niemand Vaters Brief gelesen. Niemand weiß von dem Schreiben, nur einer, aber der zählt nicht. Nicht nur, weil er wahrscheinlich nicht einmal lesen kann. Der Brief ist Kai-Augusts letzter Trumpf. Was damals im Dorf gespielt worden ist, kann nicht rückgängig gemacht werden, gesühnt noch weniger. Die Radonataler wissen das, die im Brunnenthal auch.

Da zerreißt ein Schuss die Stille. Keine fünfzig Schritte von Besenböck entfernt, eine Serpentine weiter oben, dreht der Hund ein paar irre Pirouetten und sackt in sich zusammen. Hat der Schuss ihm gegolten? Wer erschießt einen Hund?, fragt sich Besenböck. Sind Jäger unterwegs, die einen alten Dackel nicht von einem Reh unterscheiden können, einen harmlosen Hund nicht von einem Gamsbock? Und wenn es ein Wolf wäre: Auf den dürfen sie erst recht nicht schießen, auch wenn er ihnen die Schafe der Reihe nach reißt, denn wir sind stolz darauf, dass sich der Wolf erneut heimisch fühlt in der heimischen Flur und Au. Der Wildbiologe freut sich ebenfalls über diesen zurückgewonnenen Schatz der heimischen Fauna! Vielleicht fangen ja auch die Rotkäppchens wieder an, mit Kuchen und Wein durch den Forst zu schleichen!

„He, du Vollidiot, was soll das? Lass meinen Hund in Ruhe!“ Rasend vor Wut sprintet der schwere Mann schnaufend den Güterweg aufwärts, schaut nicht links, nicht rechts. Läuft, bis ein satter Knall ertönt und sich etwas Feuriges um sein Handgelenk ringelt. Sekunden später ein nächster Knall. Jetzt springt ihm etwas ebenso Feuriges ins Gesicht. Eine Peitschenschnur! Was ist denn hier los? Goaßlschnalzen, oder was? Der

Schmerz wirft Besenböck zu Boden. Blut quillt aus den roten Striemen und läuft ihm übers Gesicht. Über ihm taucht eine wüste Fratze auf, eine nur allzu bekannte Fratze, auch wenn Tränen des Schmerzes und der Wut Besenböcks Blick trüben.

„Du gottverdammter Irrer!“, schreit er. „Was soll der Quatsch? Bist du jetzt total übergeschnappt?“ Die Antwort besteht in einem weiteren Knall und in demselben feurigen Schmerz, der sich diesmal um seinen Hals und durch das zerrissene Hemd um die Brust ringelt.

„Halt einfach die Goschn, Besenböck, es ist Schluss mit der Sturmführerei!“ Ein Tritt in die Rippen nimmt dem am Boden Liegenden die Luft. Er röchelt.

„Was willst du von mir? Geld? Kannst du haben, aber hör mit dem Blödsinn auf!“ Immer war Geld Besenböcks erster Gedanke und letzte Zuflucht.

„Geld? Was soll ich mit Geld? So viel Geld hast nicht einmal du, dass du alles bezahlen kannst, was du verbockt hast. Es ist aus mit dem Geld und den Geldsäcken. Der Vonderleu war genauso bescheuert wie du. Die Toten rufen nach dir, Sturmführer! Jede Nacht schreien sie mir die Ohren voll aus ihrer Flammenhölle heraus.“

„Das geht dich nichts an. Die Toten bleiben tot, du blöder Hund. Du weißt genau, wer schuld ist. Ach was, du hast keine Ahnung! Lass meinen Vater in Ruhe, der hat nur getan, was er tun musste, wie alle.“ Mit einem heftigen Tritt gegen das Schienbein seines Peinigers versucht sich Besenböck zu befreien. Die Antwort kommt mit Blitz und Donner als wahnsinniger Schmerz im rechten Knie, der sich in Sekundenbruchteilen durch den ganzen Körper zieht und den am Boden Liegenden brüllen lässt wie ein geschundenes Tier. Er richtet sich halb auf, sieht seinen rechten Fuß samt dem Schuh im Moos liegen.

Was ist mit meinem Fuß passiert, zuckt es durch sein Hirn, und warum habe ich ...? Dann ist da nur noch Schmerz.

„Hör auf mit deiner Scheißlügerei, du Jammerlappen! Ich hab jetzt lang genug zugeschaut. Du hast einen großen Fehler gemacht, du hättest nicht hierher kommen sollen, wärst besser in deinem Rheinland geblieben wie dein verfluchter Alter. Mir reicht's endgültig. Scher Dich zum Teufel!" Der ohrenbetäubende Knall, der jetzt zu hören ist, ist lauter als die vorigen. Es ist eigentlich eher eine Explosion – und für Besenböck das Ende aller Ambitionen. Auch wenn er gerne sein Gesicht gewahrt hätte: Dafür ist es jetzt zu spät. Er hat keines mehr.

XI.

Dritter Tag. Donnerstag, 16. April 2015

Vorarlberg ist weiterhin wutfrei.
Aus der offiziellen Vorarlberger Landeskorrespondenz

Der Mensch zählt immer.
Hans Blumenberg

„Mon Dieu, ganz schön kompliziert", ruft Antoinette Hagen Ibele zu, „eine E-Mail aus dem Labor, Chef!" Sie ist keine, die schnell den Kopf verliert, gerade weil sie einen tadellosen Sinn fürs Praktische hat. Ohne weitere Erklärung legt sie ein Blatt Papier auf Ibeles Schreibtisch. Souverän ignoriert sie den fragenden Blick des Obersten, der bei der Anrede „Chef" eine stramme Haltung angenommen und eine Hand in Hagens Richtung ausgestreckt hat. Nix da. Antoinette hat mit Ibele gesprochen.

„Demnächst in diesem Theater ...", setzt der Oberst an.

„... wird der Baldreich Vater", ergänzt die Hagen trocken. Darauf bleibt der hohe Herr erst recht sprachlos.

„Die Fingerabdrücke auf Vonderleus Geld, auf den Fünfhundertern, die bei ihm gefunden worden sind, stammen außer dem Toten von zwei verschiedenen Personen", meldet Antoinette. „Wer die sein könnten, ist unbekannt. Alle Vergleiche mit den vorhandenen Daten sind ergebnislos geblieben."

„Finden, Ibele, unbedingt finden. Wär doch gelacht, wenn wir das nicht schaffen!"

„Jawohl, finden, Herr Oberst! Komm, Baldreich, wir gehen suchen!"

„Demnächst ...", setzt der Oberst an, doch da sind seine beiden Beamten schon auf und davon. Während der Fahrt Richtung Süden sorgt der starke Föhn für ungewöhnlich klare Sichtverhältnisse. Das im ersten Frühlingsschmuck prangende Rheintal rückt gefühlt zum Greifen nahe, wie in leuchtenden Farben gemalt sind Fraxern mit seinen Kirschbäumen, die burgartige Rankweiler Basilika auf ihrem kecken Hügelchen, die Gipfel der Drei Schwestern und das an den Muttersberg gepappte Alpenstädtchen Bludenz. Schließlich erhebt sich das Rätikongebirge wie eine überdimensionale Theaterkulisse. Noch unwirklicher als sonst erscheint Ibele dieses ganze Puppenländle, noch unangebrachter das aufgeblasene Provinzler-Selbstverständnis, das in erster Linie doch nur dazu gut ist, die dunklen, barbarischen Abgründe zu verdecken, die sich jüngst ohne ersichtlichen Grund in der Ermordung Vonderleus wieder aufgetan haben. Kein Land für Sonntagsreden über Heimat und Stolz, noch weniger eines, das sich Ressentiments und Vorbehalte gegen das sogenannte Fremde erlauben dürfte.

Der erste Weg in St. Bartholomäi führt Ibele ins Pfarrhaus. Baldreich wird sich inzwischen ein wenig im Dorf umschauen, umhören, in den Bergblick gehen. Locken ihn die Beamtenforellen? Eher schon die Mizzi, die wohl noch lange nicht all ihr Wissen über die Familie ihres Kavaliers ausgeplaudert hat. Außerdem sollte jeden Augenblick Nachricht über den Inhalt von Vonderleus Computer eintrudeln. Als Vertrauter des Mordopfers müsste der Seelsorger über dessen Kumpane Auskunft erteilen können, ohne am Beichtgeheimnis zu rütteln. Stattdessen freut er sich aufs Mittagessen morgen im Schulzentrum der Schulbrüder. Ibele möge doch auch mitkommen, heißt es verschwörerisch, dann wird er vielleicht einiges über Vonderleus Möchtegern-Schwiegersohn Armellini erfahren und die Damen vom Schulamt kennenlernen, bei denen Pfarrer Rüscher im Namen der Silberberger Hardliner-Fraktion und unter Androhung der Exkommunikation Armellinis Versetzung durchpeitschen will. Sie sind zwar an und für sich kein Erlebnis, die Damen, wie Rüscher mit leicht unziemlichem Tonfall verrät, doch wird er sie weichklopfen wie zwei ausgetrocknete Schnitzel. Einseifen wird er sie wie die Susanna im Bade. Nun, wie soll das Ergebnis erfreulich sein, wenn sich Halbbildung mit Verblendung kreuzt, möchte Ibele der gewagten Metapher entgegenhalten, es bleibt jedoch keine Zeit dafür.

„Dann ist Schluss mit dem Agitieren im Gymnasium und im Dorf. Wir werden wegen so einem Spinner nicht den mühsam erkämpften Frieden und das Seelenheil der Jugend aufs Spiel setzen. Weder Pazifisten noch Sozialisten brauchen wir da bei uns. Haben denn die Roten eine Ahnung vom Leben auf dem Land und in den Bergen? Wer im Krieg geblieben ist, ist im Krieg geblieben. Muss man da noch lange herumtüfteln, auf welcher Seite so einer war? Wo kommen wir denn da hin! Stimmt's, Inspektor?“ Es stimmt zwar aus des Inspektors Sicht hinten und vorne nicht, und der Schwachsinn, den Rüscher verzapft, stößt ihm sauer auf, doch das wird er mit dem geistlichen Herrn nicht ausdiskutieren.

Was Vonderleus Umgang betrifft, bleiben die Informationen vage. Mit allen im Dorf habe der Ermordete zu tun gehabt, als Gemeindevertreter, als Bauernbündler, als Jagdaufseher, als Alpbesitzer oder als Mitglied der Feuerwehr, des Kameradschaftsbundes und des Konsumvereins. Auch wenn er bei den drei letztgenannten den Hut genommen habe, mehr oder weniger im Streit. Die Familie? Naja, der Norbert sei ihm keine große Hilfe gewesen, die Ramona mit ihrem Italiener erst recht nicht. Und die Frau?

„Du meine Güte, wie sagt man? Jung gefreit und lang gereut. Die Walpurga ist eine gute Ehefrau, nur nicht für den Adolf Gottlieb. Der hätte etwas gebraucht, das anpackt, nicht so eine Träumerin."

„Wie der redet", denkt Ibele entrüstet, „etwas, das anpackt"! Ist eine Frau „etwas"? Mehr von dem Zeug will Ibele gar nicht hören, und bevor er dem Plapperer nochmals beim Essen zuschauen muss, das Arkadia aufzutischen beginnt, geht der Inspektor von dannen, den kulinarischen Verlockungen tapfer trotzend.

Von der Pfarrhoftür aus sieht er den vor dem Gemeindeamt wartenden Baldreich, der ihn zu sich winkt. Vonderleus Computer ist untersucht worden.

„So etwas ist den Kollegen noch nie untergekommen. Von der Handhabung des Rechners hat der Bauersmann so gut wie keine Ahnung gehabt, dafür aber, das zeigen die Inhalte, von vielem, was hinter den Kulissen vorgeht im Tal und in den Behörden. Zudem hat er nur in Andeutungen kommuniziert, auch in dem einen oder andern Internet-Café zwischen Vaduz, Herisau und Memmingen dürfte er zugange gewesen sein. Mit dem eigenen Gerät ist er offenbar umgesprungen, als wär es ein Sack Kraftfutter, dazu ist mindestens eine externe Festplatte im Spiel gewesen. Dennoch kristallisieren sich zwei, drei konkrete Sachverhalte heraus." Nun zückt Baldreich ein Notizbuch und trägt vor: „Es gibt einige sehr brisante Geschichten, die aber mit dem Mordfall nichts zu tun haben dürften. Dabei geht es um Alpbewirtschaftungsprämien und Flächenberechnungen. Relevant könnte ein gewisser Franz sein, Familienname unbekannt, mit dem der Tote im Clinch gelegen ist, sofern es sich bei diesem Franz nicht um ein Pseudonym handelt. Unter dem vielsagenden Betreff „Zahl oder stirb“ ist in den letzten drei Wochen manch böses Wort zwischen den beiden hin und her gegangen. Zuletzt war die Rede von 25 Riesen, die der Franz herwachsen lassen soll, sonst könne er seine Maharadscha-Moneten endgültig vergessen. Apropos Franz: In St. Bartholomäi selbst und drunten in Silberberg leben gerade einmal drei erwachsene Männer namens Franz: Einer ist 96, der andere 88. Der dritte käme vom Alter her in Frage, er ist 52, dafür ist er von Geburt an blind und lebt seit Monaten im betreuten Wohnen in der Innerfratte.“

„Innerfratte?“, räumt Ibele ohne Weiteres eine Lücke in seinen Heimatkundekenntnissen ein.

„Eine Parzelle im hintersten inneren Brunnenthal, woascht des it?“, nimmt es Baldreich locker. „Was tun wir mit unserem Franz?“

„Suchen, oder noch besser: kommen lassen. Den da drüben könnten wir außerdem fragen“, ergänzt Ibele und zeigt zum Friedhof.

Auf dem kleinen Bergfriedhof mit sagenhafter Aussicht ins Tal hebt der Totengräber Hans Breuss ein Grab aus. Vonderleus Grab. Warum muss ausgerechnet der Friedhof die spektakulärste Aussicht bieten? Glaubt man nicht an die himmlische Perspektive der Begrabenen? Aus einiger Entfernung schaut Ibele dem Arbeiter zu. Alle paar Minuten wird sein Schaufeln durch das Klingeln des Mobiltelefons unterbrochen. Dann lässt er Schaufel oder Pickel fallen und spaziert gestikulierend und lautstark parlierend durch die Gräberreihen. Es sind dienstliche Gespräche, die sich um die morgige Beerdigung Vonderleus drehen. Einmal scheint es der Bestatter zu sein, einmal die Gärtnerei, dann die Feuerwehr. In gewichtigem Ton erteilt Breuss Auskünfte, gibt geduldig Erklärungen ab oder wehrt sich gegen noch mehr Arbeit, die man ihm aufhalsen möchte. Wenn er zu dem frischen Grab zurückkehrt und das Werkzeug aufnimmt, legt sich ein auffällig zufriedener Ausdruck auf seine Züge.

„Herr Breuss", ruft ihm Ibele zu, was den Totengräber erschrocken herumfahren lässt. Ist es das schlechte Gewissen, das ihn so schreckhaft macht? „Haben Sie kurz Zeit für mich?" Breuss hat Zeit, viel Zeit. Seine Kundschaft läuft ihm nicht davon – und auch sonst macht er nicht den Eindruck, unter Stress zu leiden. Auf seine Schaufel gestützt, wartet er geduldig, bis Ibele loslegt.

„Möchten Sie mir etwas über den Toten erzählen?", beginnt der vorsichtig. Es könnte ja sein – ist aber nicht. Der Totengräber schüttelt nur den ergrauten Kopf und wartet wieder, ein feines, leicht spöttisches Lächeln auf den Lippen. Also weiter: „Kennen Sie einen Franz, mit dem der Vonderleu zu tun gehabt hat?"

„Franz?"

„Ja, Franz."

„Franz!"

Unwillkürlich schaut Ibele auf seine Schuhe, denn das hier kommt ihm vor wie die alpine Variante einer berüchtigten Schuhwerbung von anno dazumal.

„Nein, kein Franz. Nicht, dass ich wüsste", murmelt Breuss, als wäre die Sache erledigt, fast zumindest. „Und, schauen Sie, Herr Inspektor!" Breuss schiebt den Hut ins Genick, nimmt seine Brille ab und putzt sie mit seinem Schnäuztuch, ein zweifelhaftes Unterfangen. Blinzelnd prüft er das Resultat, ist zufrieden. „Was glauben

Sie, warum ich dem hier sein Grab schaufle? Er soll in Frieden ruhen." Mit theatralischer Geste nimmt er den Hut ab und fährt fort: „De mortuis nil nisi bene, oder, Herr Inspektor? Wenn wir über die Toten reden, dann Gutes und Wahres. Am besten also gar nichts. Weil der Rest sowieso Schweigen ist, nicht wahr?" Hoppla: Eine echte Totengräbergelehrsamkeit kommt da zum Vorschein, Pompfünebererlatein sozusagen. Mit Schweigen wird es für den Inspektor allerdings nicht getan sein. Wieder ist guter Rat teuer. Er verabschiedet sich und schickt sich an, zu Baldreich zurückzukehren. Als er sich nach einigen Schritten noch einmal umdreht, steht Breuss da wie zuvor. Versonnen schaut er in die schwarze Erde hinunter, als wäre dort etwas zu holen. Seelenfrieden für die Lebenden vielleicht? Ein seltsamer Kauz. Ein Totengräber nicht von ungefähr. Sogar den Klingelton seines Telefons, eine unsäglich einfältige Melodie, überhört er jetzt geflissentlich oder in Gedanken versunken, die noch tiefer sind als die Grube vor ihm.

XII.

Aber es gibt nun einmal Wahrheiten,
und man muss sie suchen.
Arthur C. Danto

Ein leibhaftiger Franz steigt seit mehreren Stunden über Stock und Stein durch unwegsames Gelände in die Höhe, weit abseits aller Wanderrouten an der Schattseite des Radonatales. Er tut das wider seinen Willen, tut es, weil er es tun muss. Übermächtig ist der Trieb, der ihn dazu zwingt. In den vielen Jahren, die er auf der Welt ist, hat er gelernt, ihm blindlings zu folgen. Auch die heutige Kletterei und Schinderei wird letztlich nicht viel mehr sein als ein kleiner Umweg, bevor er sich wirklich aufmacht. Dass er sich diesmal nicht mehr abwimmeln lässt, von niemandem, ist klar. Er hat das alles nicht so gewollt, von Anfang an nicht. Die Frechheit des Bauern aus St. Bartholomäi hat ihn zu diesem Schritt gezwungen. Geld von ihm zu verlangen, das war einfach zu viel, zu viel des Guten. Egal ist es so oder so. Wie schon oft zuvor hat eines das andere ergeben. Vom Bauern zu Besenböck, dem Sturmführersohn, dem Eindringling, war es dann nur noch ein kleiner, bedeutungsloser, im Grunde längst fälliger Schritt.

Verdammt steil ist das hier und der Schnee in den Schattenlöchern macht den Aufstieg beschwerlich. Zum Glück schaut schon der Glockenturm der Knappenkirche zwischen den Tannen hervor. Gleich ist der höchste Punkt erreicht. Von dort ist es ein Katzensprung zu Besenböcks Haus, keine halbe Stunde. Hoffentlich ist seine Frau nicht da, mit der möchte er sich nicht auch noch anlegen und aufhalten müssen. Obwohl es egal wäre, jetzt. Die Fensterläden des gepflegten Anwesens sind offen, die kitschige Gartenlandschaft mit Brünnlein und einer ganzen Zwergenkolonie großteils ausgeapert. Der Eindringling legt sein Gewehr an und zielt ruhig auf ein Plastikbambi. Dann zieht er einen Schlüssel aus der Hosentasche und geht zur Rückseite des Hauses.

Er kennt sich aus hier, war oft genug zu Gast. Zu Gast? Zu Gast war Franz noch nie irgendwo, noch nie, solange er sich erinnern mag nicht. Er mag eh nicht: Er mag sich nicht und mag sich nicht erinnern. Allzu lange sollte er sich trotzdem nicht im Haus aufhalten. Sobald sie den Besenböck finden, wird die Hölle los sein. Obwohl das noch eine Zeitlang dauern kann, außer es treibt mit den ersten Krokussen die Radler und Wanderer wieder aus ihren Löchern. Dann nützt das Leichentuch aus Tannenreisig auch nichts mehr.

Wann war das? Heute? Gestern? Vor einer Woche? Vieles kommt durcheinander im Kopf des Rastlosen. In der Küche ist der Tisch gedeckt, sehr praktisch. Der Kühlschrank ist voll mit Bier und Käse, auch Eier, Brot und Butter finden sich. Leider weder Speck noch Wurst. Stimmt, der Kai-August war Vegetarier. Auch das ist jetzt wurst. Franz setzt sich an den Tisch und isst. Langsam, als hätte er alle Zeit der Welt, kaut er, trinkt zwei Flaschen Bier dazu. Als sich in einem Kasten noch Schokolade mit Trauben und Nüssen findet, hat er alles, was er braucht. Erschöpft lässt er sich auf das Sofa in der Stube nieder, atmet den schwachen Zirbengeruch ein. Das regelmäßige Ticken der Wanduhr wird immer leiser. Als Franz wieder erwacht, ist es stockdunkel und, wie ein Blick auf die Armbanduhr zeigt, kurz nach Mitternacht.

Der ungebetene Gast besinnt sich des Zwecks seines Besuchs und geht von einem Zimmer ins nächste, bis er in Besenböcks winzigem Büro landet. Wenn irgendwo, dann wird er den Wisch hier finden. Der Herr Bankdirektor hat wohl geglaubt, sein Kontrahent sei so dumm, wie er ausschaut. Nicht der Franz! Wütend reißt er die Schubladen auf und durchwühlt sie. Zuletzt stößt er auf eine Mappe aus glattem Leder, die Ecken sind mit metallenen Beschlägen verstärkt. Mit zittrigen Fingern öffnet er sie. Ein einziges Blatt Papier liegt darin, beidseitig dicht beschrieben mit einer altmodischen, strengen Schrift. Es ist ein Brief, datiert mit „Siegburg, den 3. September 1947", unterzeichnet von „Gustav M. Besenböck, Ustuf." Der Untersturmführer. Das ist es. Franz starrt das Blatt an, die Buchstaben verschwimmen vor seinen Augen. Er kann das nicht lesen, es muss Kurrentschrift sein. Was soll's? Er muss es nicht lesen, er kennt den Inhalt, diese unsinnige Geschichte von Liebe und Ich-mache-alles-wieder-gut-wenn-der-Krieg-aus-ist. Als ob das so einfach wäre! Da war nichts mehr gutzumachen. Der Herr Sturmführer hätte das Maiggi in Ruhe lassen müssen, dann wäre es gut gewesen. Er holt das Feuerzeug aus der Hosentasche und Sekunden später raucht es, lodert eine Flamme auf, bevor das Schreiben in große Aschefetzen zerfällt. Franz schlägt die Mappe zu und wirft sie zurück in die Schublade. Erledigt. Eines bleibt noch zu tun. Er zieht sich an, räumt den Kühlschrank leer und nimmt vor dem Haus einen an der Wand lehnenden Stecken, dann marschiert er in die Nacht hinein. Der Weg ist kurz und definitiv nicht das Ziel. Das Ziel kommt morgen dran. Oder übermorgen.

Im Morgengrauen ist der Wanderer schon lange verschwunden, wie vom Erdboden verschluckt. Wozu gibt es aufgelassene Bergwerke? Nicht ganz aufgelassen, immer noch werden Neugierige durch ein paar alte

Stollen geführt, was den Einstieg in das ursprünglich tief in den Berg hinein reichende Netz von Gängen und Kammern erleichtert. Franz kennt sich hier aus; nicht umsonst hat er Tausende Stunden damit zugebracht, sich einem Maulwurf gleich sein eigenes Bergwerk zu graben. Sollen sie den Besenböck finden, sein Mörder ist vor allen Häschern sicher, todsicher sogar, vorläufig wenigstens, und so lange er keinen Fehler macht. Nur zum See muss er noch. Morgen oder übermorgen. Dann ist es vollbracht.

XIII.

Vierter Tag. Freitag, 17. April 2015, Pfarrkirche St. Bartholomäi

Die Neugier ist der Schutz, nicht der Tod der Katze, ob im Rock oder auf allen Vieren.

Samuel Beckett

Ist er vorher fast jahrzehntelang nicht in die Talschaft gekommen, so ist für den Inspektor die Fahrt heute fast schon Routine, sogar die unbeschrankten Übergänge der Regionalbahn hat er bestens im Blick. Ungefährlich sind sie ja wirklich nicht. Aber der Inspektor ist bei der Sache. Noch immer tut der Frühling mit aller Kraft, was er kann, unterstützt von einem etwas zu warmen Wind. Nur ganz oben auf den Bergen gleißen die Gletscher weiß im kräftigen Sonnenlicht und verdächtige Schneefahnen wehen weit über die Gipfel hinaus. Das ist kein gutes Wetterzeichen. Das Dorf macht Ibele einen irgendwie feiertäglichen, einen aufgeräumten Eindruck. Ob das an den schwarz gekleideten Bewohnern liegt, die vor der Kirche herumstehen? Wie von einem Magneten angezogen, strömen sie von allen Seiten der Kirche zu. Oder liegt es an den Trachtenträgerinnen? Oder an der Blasmusikkapelle, die sich in knallroten Westen und mit funkelnden Instrumenten an der Friedhofsmauer sammelt? Oder an den bereits vereinzelt aufkreuzenden schwarzen Dienstkraftwagen, mit denen die politische Prominenz aus der Landeshauptstadt anreist, und den protzigen Geländewagen mit Schweizer Kennzeichen?

Ibele tritt in das kühle Kircheninnere. Dicht gedrängt sitzen und knien die Gläubigen oder eben die, die meinen, wenigstens heute so tun zu müssen, als ob, und sei es nur, weil es alle tun, in der kleinen, aber dafür umso reicher ausgeschmückten Pfarrkirche von St. Bartholomäi. Rechts, auf der Männerseite, steht ein gotischer Altar zu Ehren der heiligen Anna, ein echtes Kunstwerk. Linkerhand ein von Pfeilen durchbohrter Sebastian, der dennoch mit allergrößter Erhabenheit, ja Nonchalance seinen Peinigern entgegenblickt. Noch haben die Glocken ihren Ruf nicht hören lassen, da sitzt Inspektor Ibele bereits seit einer Viertelstunde in einer der hinteren Bänke. Obwohl sitzen nicht ganz der richtige Ausdruck ist. Die Konstruktion der schmalen hölzernen Bänke erlaubt gerade einmal ein notdürftiges Abstützen des Allerwertesten, zwingt zu einer unnatürlich aufrechten Haltung, aus der die Gläubigen und – ihrer inneren Unaufrichtigkeit zum Trotz – erst recht die Ungläubigen wie von selbst in eine kniende Stellung rutschen, lässt diese gar als Erleichterung erleben. Ganz schön raffiniert ist das. Eng an die Wand gedrückt, von der durch eines der gegenüberliegenden rundbogigen Fenster scheinenden Sonne geblendet, schaut er sich gründlich um.

Mit den ersten wuchtigen Glockenschlägen kurz vor zehn Uhr drängen sich zwei Paare in die Reihe vor ihm. Die vier passen nicht recht hierher, scheint dem Kriminalisten. Die Männer könnten noch halbwegs durchgehen, aber ihre Trachtenjanker, Lederhosen und Haferlschuhe stehen in schreiendem Gegensatz zu den glattrasierten schwammigen Gesichtern und den topmodischen Frisuren. Ibele erkennt einen der beiden, einen omnipräsenten Kammerherrn aus der Wirtschaft, bei dem man sich wundert, wie er all seine Pöstchen bewältigt. Die Frauen können dagegen überhaupt nicht verbergen, dass dies nicht ihr bevorzugter und gewohnter Aufenthaltsort ist, die Kirche so wenig wie das Dorf. Umständlich drapieren sie sich auf den unbequemen Bänken. Ja, drapieren, denn mit Platz nehmen wäre der Vorgang nur unzureichend beschrieben. Es war garantiert keine geringe Summe, die sie dem Anlass oder vielmehr der Örtlichkeit entsprechend in eine feine hauptstädtische Landhausmodenboutique getragen haben. Kleider machen Leute. Sobald sie also glauben, sich einigermaßen standesgemäß inszeniert zu haben, beginnen sie ungeniert halblaut zu tuscheln. Die wenigen Brocken, die er aufschnappt, genügen Ibele, um zu erkennen, dass sie wenig mehr im Sinn haben, als sich über die Anwesenden zu mokieren. Die trotz verschwenderisch aufgetragenem dunkelroten Lippenstift nicht mehr zahnfrischen Lästermäuler ergehen sich in fast pausenlosem Geplapper, begleitet von unschöner Mimik. So voller Botox kann der Schnabel gar nicht sein, dass sie ihn sich nicht fusselig reden. Der vor dem Altar aufgebahrte Sarg spielt in ihren Erörterungen keine Rolle, der Tote ebenso wenig.

Schließlich wird es Ibele zu dumm, wenn er auch nicht in seiner Andacht gestört wird, so doch im Überlegen. Mit einem energischen „Pst!“ mahnt er zur Einkehr; die aufkommende Entrüstung der sich zu ihm Umdrehenden wehrt er brüsk ab. „Herrgottzack, etz sind doch endlich still, ihr Wieber! Kindsköpf, kindische!“ Das sitzt – trotz oder wegen der alemannisch verkürzten Grammatik.

Jetzt verstummt auch das Läuten der Glocken, die Turmuhr schlägt zehn, ein helles Glöcklein erklingt, die Orgel fegt mit mächtigen Akkorden über und in die Köpfe. Priester und Ministranten ziehen in die Kirche ein, das Volk erhebt sich in devotem Eifer, singt in seit ewigen Zeiten unverändertem Tonfall sein „Wohin soll ich mich wenden“ aus der Schubertmesse. Da braucht nicht einmal Ibele ein Gesangsbuch. Der Text ist ihm in vielen Ministrantenjahren in Fleisch und Blut übergegangen.

Mit dem Aufstehen kommt Bewegung in die Gemeinde, eine kurzzeitige Unruhe. Mehr aber als einige Schwaden eines hochkonzentrierten Geruchsgemisches setzt sie nicht frei. Wolken von Weihrauch, mit denen der Priester den Sarg einräuchert, nehmen ihm den Atem; Weihrauch vermischt mit Parfüm und etwas, das Ibele an das gute alte Pitralon, das allmorgendlich großzügig verspritzte Rasierwasser seines Vaters, erinnert, samt dem Stall-Mief, der selbst in den bäuerlichen Sonntagsanzügen steckt. Er muss sich setzen. So gut es in diesen Marterbänken eben geht. Zum Glück strömt durch die weit offene Kirchentür frische Luft herein.

Mit einem leisen Anflug von schlechtem Gewissen nutzt Ibele den Opfergang zum Mustern der Anwesenden, aber Dienst ist Dienst und aus reiner Trauer ist er nicht hergekommen. Alle sind sie da: Frau und Tochter, schwarz verschleiert, der Sohn, apathisch und ohne Mizzi, der alte Vonderleu in seinem dunkelbraunen Steirer- oder Kärntneranzug, die Verwandtschaft in steinernem Schmerz; der Bürgermeister samt Gattin, einem Wesen von phänomenaler Unscheinbarkeit; die halbe Regierungsmannschaft, wenigstens die einschlägigen Vertreter: Sicherheit, Landwirtschaft, Ökonomie, auch die Bildungsrätin. Richtig: Sie hat einen Waidmannskameraden verloren, einen Kollegen aus der Jagdgesellschaft, geht es durch Ibeles Kopf. Er denkt an die Parabel auf die längst unterhöhlte Existenz der scheinbar Mächtigen, die ihre Vergangenheit nicht abstreifen können; die Geschichte jenes alten Generals, der seinem Leben ein Ende setzt, weil er die Wahrheit über sich selbst erfährt. Wie lange kann einer vor der Wahrheit über sich selbst davonlaufen? Die Jagdgesellschaft: Wenn das nur kein schlechtes Omen ist!

Schon setzt Pfarrer Rüscher zu einer knapp gehaltenen Predigt an. Es ist ihm geradezu anzusehen, dass er am liebsten auf die Kanzel steigen möchte, zu der an der linken Kirchenseite eine steile, überreich verzierte Treppe führt. Dort würde unter dem mächtigen, in Gold und Stuck strotzenden Baldachin und über die Köpfe der Gemeinde hinweg, noch besser zur Geltung kommen, was er über den Undank der Welt und die Wonnen der Auferstehung zu sagen hat. Genauso wie über jene, die meinen, dem Herrgott ein Schnippchen schlagen zu können oder blödsinnige Wetten gegen ihn abschließen zu müssen. Nach dieser umständlichen und, den Gesichtern der Trauergäste nach zu schließen, nur wenig verstandenen Einleitung setzt Pfarrer Rüscher zu einem pathetischen Rückblick auf das Leben des Toten an. Für Ibeles Geschmack geht es dabei arg viel um Irdisches, um Besitz, seinen Erwerb und seine Vermehrung: der größte Bauer, die größte Alpe, der größte Grund- und Waldbesitz: schon fast eher ein Fall fürs aktuelle Guinness book of world records als für einen Nachruf. Was soll das, wenn einer nichts mitnehmen kann und im Jenseits sowieso alles prächtiger ist als in diesem Jammertal? Ja, das musste jetzt auch noch kommen: wie brav der Adolf immer gearbeitet hat, sich schon als Bub auf den Alpen verdingt hat als Knecht; wie früh er gelernt hat, worauf es ankommt; wie selbstlos er sich eingebracht hat in das Gemeinwesen. Rüscher lobt den so tragisch und viel zu früh Dahingegangenen als einen, der sein Licht nicht unter den Scheffel zu stellen brauchte und es auch nicht getan hat. Immer ist es zu früh. Noch bei Neunzigjährigen schreiben sie etwas von „völlig unerwartet“ in die Todesanzeigen. Überrascht ist Ibele von der Kaltschnäuzigkeit, mit der der Gottesmann Vonderleus Gegnerschaft an den Pranger stellt: die Neuerer, die Linken, denen er mit der hoch erhobenen, zur Faust geballten Rechten den Kampf erklärt, jene, denen nichts heilig ist, am wenigsten das Erbe der Väter und die im Kampf gefallenen Söhne der Heimat.

Endlich erfolgt nach einem allem Schlechten in der Welt entgegengeschmetterten „Großer Gott wir loben dich“ der Auszug aus der Kirche. Feuerwehr, Musikverein und Kameradschaftsbund mit wehenden Fahnen voran, die Trauerfamilie hinterher, die Trauergäste in loser und sich auflösender Formation zuletzt. Nicht wenige schwenken statt nach links zu den Gräbern nach rechts dem Ausgang zu, steigen in Limousinen oder auf Traktoren, steuern den Bergblick an oder verlieren sich in Richtung ihrer Wohnstätten. Für Ibele ist die Arbeit noch nicht zu Ende, denn aufgepasst: Jetzt sind die Redner am Wort! Da könnte sich der eine oder andere unfreiwillige Hinweis auf Seil- und Feindschaften finden, auf Machenschaften und Interessenslagen, die Vonderleu schließlich das Leben gekostet haben. Der Reihe nach treten sie an, die Kameraden von Feuerwehr, Musik und Kriegerbund, dazu ein verschüchterter Jahrgänger, ein farbloser Landesvertreter, zuletzt der Bürgermeister. Was Ibele hört, ist zuerst, wer aller von Vonderleus System profitiert hat: alle, die nicht gegen ihn waren. Das waren offenbar nicht wenige. Bald aber hat der Inspektor genug vernommen, auch von den Nebengeräuschen, und fürs Weihwasser sind andere zuständig. Apropos Nebengeräusche: Gezählte fünf Mal hat es gekracht in den Wäldern oberhalb von St. Bartholomäi, während herunten geschwätzt, gebetet und geweint worden ist. Wenn das nur lauter TBCler oder Tollwütige waren, lauter Vierbeiner vor allem, die dran glauben mussten!

XIV.

Der Mann, der durchschaut wurde, ist der Mörder seines Durchschauers, denn er hatte das stärkste Motiv.

Hans Blumenberg

Die Unruhe in Ibeles Hosentasche kündigt eine weitere Neuigkeit an. Revierinspektor Türtscher meldet sich – was das bedeuten mag? Erst jetzt bemerkt Ibele, dass der Dorfpolizist in der Kirche gefehlt hat. Bei all den andern Uniformen und Tirolerhüten ist ihm das nicht aufgefallen.

„Ja, Othmar, was gibt's?"

„Nichts Gutes, Isidor, für uns wenigstens nicht: einen Toten." Warum *für uns*? Für wen ist ein Toter etwas Gutes? Wahrscheinlich nicht einmal für den Totengräber Hans Breuss. Oder für ihn erst recht nicht! Obwohl er gestern einen eigenartig gelösten, entspannten Eindruck gemacht hat; nicht unbedingt fröhlich, aber die Arbeit geht ihm offensichtlich leicht von der Hand. Nichts Gutes also: Langsam fängt Ibele an, die distanzierte, relativierende Sichtweise des Kollegen zu estimieren. Sie hilft in paradoxer Effektivität dabei, unnötige Erregung zu vermeiden und sich den Ereignissen sachlicher zu nähern.

„Wer, wo, wie, warum?", kontert er denn auch so geradlinig wie möglich.

„Der Banker vom Heilandskogel, du kennst ihn nicht. Ein Direktor in Ruhe der Bundesbank und militanter Vegetarier aus dem Rheinland, Kai-August Besenböck. Seit Jahren wohnt er in einem Chalet am Heilandskogel. Seine Frau ist eine Radonatalerin. Er ist tot aufgefunden worden, nahe der Alpe Latins, erschossen oder so, jedenfalls übel zugerichtet. Aber schon vor mindestens einem Tag, also gestern, vielleicht sogar am Mittwoch. Ein Mountainbiker hat ihn gefunden, eigentlich eher gerochen, alles ziemlich ekelhaft. Ich bin in ein paar Minuten unten im Dorf, dann hörst du mehr. Bis gleich." Weg ist er. In Anbetracht der bevorstehenden höchst dienstlichen Aktivität ist Ibele froh, doch nicht im schwarzen Anzug gekommen zu sein, sondern sich für eine praktischere Variante entschieden zu haben: stabiles Schuhwerk, seine geliebte dunkelblaue Cordhose, Hemd und Pullover in passender Färbung und eine solide Jacke. Genau genommen war es das Rösle, das ihm diesen Aufzug angeraten und natürlich wieder einmal mit sicherer, mit liebender Hand ins Schwarze getroffen hat.

Er setzt sich auf eine Bank unweit des Friedhofs und wartet. Kaum ist das von der Blasmusik intonierte Lied vom guten Kameraden verklungen, zerreißen drei Böllerschüsse die Frühlingsluft. Dann zerstreuen sich auch die restlichen Trauergäste nach und nach. Die Limousinen mit den Offiziellen brausen davon, weiter zum nächsten Termin – man will auch andernorts gesehen werden. Zuletzt kommt der junge Vonderleu, noch immer ohne Mizzi, dann die Frau des Toten, die Tochter am Arm ihres Zukünftigen, und hinter ihnen trippelt der Alte mit ordensgeschmückter Brust und alle paar Schritte salutierend dorfauswärts, dem Bergblick zu, wo der allgemeine Totenschmaus stattfinden wird. Ob die Mizzi da noch immer lachen kann?

Mit Karacho braust eine knappe Viertelstunde später Türtscher ums Eck. Dem verdreckten Wagen nach zu schließen kommt er aus dem Gelände.

„Einsteigen, Isidor, der Berg ruft zu einer Sightseeingtour!" Wie gesagt: Jeder hat seinen Humor! „Wir müssen ein Stück hinauf", informiert Türtscher nach dem Losfahren, „der gute Besenböck hat sich einen ungemütlichen Platz ausgesucht für seinen Abgang. Er eh nicht, aber sein Mörder. Gut gezielt hat der auch: Ein kapitaler Kopfschuss, also eher kein Zu- und kein Unfall, und wenn, dann ein gottgewollter." Es hat auch jeder seinen Glauben. Daher ist es schwer, gemeinsam etwas zu wissen. Versuchen sollte man es trotzdem, räsoniert Ibele.

„Wer ist dieser Besenböck? Hat er vielleicht mit unserem Vonderleu etwas zu tun gehabt?"

„Sein tut er ein Querulant, aber harmlos, wenn du mich fragst. Nur über seinen Vater gibt es finstere Geschichten. Er soll in den letzten Kriegstagen als SS-Mann in der Gegend gewesen sein und sich ziemlich aufgeführt haben. Doch nichts Genaues weiß man nicht, will auch niemand wissen, verstehst du? Mit Vonderleus hat er höchstens die üblichen Sträuße ausgefochten, eher mit dem Alten und dem Norbert in der Denkmalsache. Aber in der TBC-Geschichte hat er sich ziemlich engagiert. Sogar eine Vegetarische Liga wollte er gründen, um das Abknallen der Tiere zu stoppen. Und dann ..."

„Wo fahren wir eigentlich hin? Und was ist das Ekelhafte, von dem du vorher geredet hast?" Leichte Ungeduld, ein ungewohntes Gefühl, bemächtigt sich des Inspektors. Es ist ihm ein bisschen viel auf einmal, was hier alles zusammenkommt: Bundesbankpensionäre, die irgendwelche Ligen gründen. Vielleicht werden sie bald ein Veganer-Kalifat ausrufen. Dazu lungenkrankes Rotwild, verwaiste Alpen und ewiggestrige Denkmalschützer – und jetzt auch noch aufgewärmte Weltkriegsgräuel. Das Mittagessen sieht Isidor auch einen der munter sprudelnden Schmelzwasserbäche hinuntersausen. Dabei hat er schon mittelschweren Herzens die Witwen-Einladung zum Totenschmaus abgelehnt. Wenn die im Bergblick das bei solchen Gelegenheiten übliche Gulasch allerdings mit der Lustenauer Chilispezialität würzen, die ihm die Mizzi zu den Würstchen kredenzt hat, ist es ungefährlicher, sich mit Türtscher auf Güterwegserpentinen in schwindelnde Höhen zu schrauben, als dort zu speisen. Nun schwindet zusehends auch die Aussicht auf das Essen in der Hotelfachschule in Bludenz, zu dem ihn der Pfarrer eingeladen hat. Wer weiß, wahrscheinlich wäre es eh eine recht anstrengende Mahlzeit geworden, ein echtes Prüfungsessen eben.

„Wir fahren zur Alpe Latins, Vonderleus Alpe. Dort ganz in der Nähe liegt der Besenböck im Wald. Das Ekelhafte sind sein Rucksack und sein Hund. Naja ... er selbst auch. Der Rucksack ist angefüllt mit vergammeltem Fleisch, gute fünf Kilo, Würmer mitgerechnet. Der Hund ist hin, grüner Schaum vor dem Mund und Fliegen sonder Zahl überall, hat wahrscheinlich von dem Zeug was abgekriegt, während er sein totes Herrchen bewacht hat. Der Doktor müsste gleich da sein. Interessant wäre, wann genau Besenböck in die ewigen Jagdgründe eingegangen ist."

Dem mag Ibele zustimmen, auch die Indianer-Metaphorik ist ihm als altem Winnetou- und Silberpfeil-Liebhaber vertraut. Der weite Blick ins Tal und Türtschers konzentriertes Schweigen erlauben dem Inspektor ein kurzes Abschweifen in die untergegangene Welt der Western-Comics à la Bonanza und Lasso und zu den rauchenden Colts mit ihrer einst den halbwüchsigen Isidor faszinierenden Mischung aus Abenteuer, Spannung, Pfadfinderei und verkappter Erotik. Ein wüstes Knattern, das sich von hinten nähert, reißt ihn aus der Träumerei rund um Komantschen auf Kriegspfad, Todesfallen am Schlangenfluss und das heiße Gold der Apachen. In das Knattern mischt sich ein Hupen. Will da jemand überholen? Ja, einer mit Hut statt Helm taucht im Rückspiegel auf, eine Arzttasche auf den Tank geschnallt und mit der Linken heftig gestikulierend: der Doktor. Also doch ein Rodeo, ein Spiel, das Ganze? Warum pressiert es dem? Aus Prinzip wahrscheinlich, weil seine Transalp vorwärts will. Wer kann, der muss. Das ist das Grundübel, resümiert Ibele im Stillen.

„Honda des gsäha?“, protestiert Türtscher im Hinblick auf den Crosser, der an einer etwas weniger steilen Stelle sein halsbrecherisches Überholmanöver tatsächlich durchführt. Ah, *Honda,* daher der Name, schönes Wortspiel, sehr originell, funkt es bei Ibele.

Weit oben, aber extrem idyllisch gelegen, kommt eine riesige Alphütte ins Blickfeld, ein Ensemble eher aus einem großen Alpgebäude und mehreren kleineren Hütten und Schuppen ringsum, die Alpe Latins. Schon hält Türtscher das Auto an und zeigt auf ein Stück Jungwald zur Linken. Der Doktor ist auch schon da, sitzt auf seinem Motorrad wie auf einem gebändigten Ross oder wie der auf den Hasen wartende Igel. Er macht nicht mehr den Eindruck, als ginge ihn das hier sehr viel an. Mit rot-weißen Bändern ist der Ort des Schreckens notdürftig mehr markiert als abgesperrt, unweit davon sitzt ein bunt gekleideter Typ im Outfit eines Tour-de-France-Profis, sein Fahrrad lehnt an einer hölzernen Bank. Es ist das erste, was Ibele nach dem Aussteigen ins Auge sticht: ein Mountainbike mit Elektromotor! Warum nicht gleich eine Transalp wie der Doktor? Oder eben ein richtiges, ehrliches Fahrrad? Wozu dieses Alibi-Sportgerät? Die Antwort gibt der Sportsmann, genauer seine zugleich schwammige und mickrige Erscheinung, ein Bilderbuchmodell von einem Pykniker. Ohne Motor wäre der nie im Leben hier herauf gekommen, man fragt sich vielmehr, wie er es aufs Rad schafft und dann auch noch auf die Idee kommt, auf Berge zu fahren. Er ist zudem einer von der Ibele zutiefst suspekten Sorte, die ihren schlecht sitzenden Helm weder beim Jausnen noch bei anderen Fahrtunterbrechungen und womöglich den ganzen Tag lang nicht abnehmen. Wahrscheinlich aus Angst, das Sportgerät könnte ihnen auf den Kopf fallen. Die Vordergabel mit unendlich langem Federweg, die Scheibenbremsen hinten und vorne und eine idiotisch kleine Übersetzung sind für den Inspektor weitere Zeugen von Freizeitperversion. Hat man dafür hoch subventionierte Güterwege gebaut bis auf den vorletzten Gipfel? Ist das der Nummer-eins-Tourismus, von dem die wortgewaltigen Macher in den zuständigen Gremien träumen? Ibele graust's.

„Der Mann hat den Toten gefunden", informiert Türtscher. Ob man denn seine Personalien noch nicht aufgenommen habe. Doch, hat man natürlich.

„Also kann man ihn wieder laufen lassen – oder fahren meinetwegen, obwohl laufen gesünder für ihn wäre", kann sich Ibele, dem der Anblick des Antisportlers schier unerträglich ist, nicht verkneifen. Das tut man denn auch: Von Fliegen umkreist schickt sich der Mann an, sein elektrisches Bergfahrrad talwärts zu schieben! Wozu doch Scheibenbremsen gut sind! Weil's einfach zu steil ist, die Bremsen nur bei hoher Geschwindigkeit richtig greifen und die Sattelhöhe nicht fürs Downhillen eingestellt ist, wie Klein-Contador dem entgeisterten Ibele sachkundig erklärt. Nichts fürs Downhillen eingestellt! Da soll sich einer nicht krumm lachen, der in seiner Jugend mit dem alten

Peugeot-Zehngang-Rennrad über die höchsten Alpenpässe getreten und abgefahren ist, ohne eine Spur von dem Schnickschnack, ohne den sie heute nicht einmal mehr zum Bäcker ums Eck radeln. Von Wolltrikot und Rennhosen mit Rehledereinsatz gar nicht zu reden! Womit wir fast wieder beim Thema wären.

„Was stinkt denn da so?“, will Ibele von seinem Kollegen wissen.

„Das ist der ganz und gar nicht vegetarische Proviant des toten Besenböck. Komm!“

Keine sehr einladende Einladung ist das. Der Doktor fühlt sich dennoch angesprochen und schließt sich, nachdem er seine Transalp sorgfältig geparkt und mit mehreren großen Steinen gegen das Davonrollen gesichert hat, der Expedition an. Zehn Schritte vom Weg entfernt liegt die Leiche am Waldrand. Wie Ibele gleich auffällt, ist sie von den Füßen bis etwa zur Brust mit Tannenästen zugedeckt, ein Bioleichentuch erster Güte. Den ekligen Anblick kann das insgesamt nicht wettmachen. Vom Kopf ist nicht viel übrig, jedenfalls nichts, was erfreulich wäre. Nur die Fliegen sehen das anders. Wenn Ibele richtig interpretiert, stimmt mit dem rechten Fuß des Toten etwas nicht. Der feste Schuh nämlich, aus dem ein Stück Unterschenkel ragt, liegt gut einen halben Meter unterhalb des linken Exemplars. Man möchte nicht unbedingt sehen, was die Äste zudecken. Der Rucksack liegt zu Füßen des Toten, ein altmodisches Modell aus hellbraunem Stoff mit breiten Lederriemen. Er ist fast zur Gänze durchnässt von einer dicklichen Flüssigkeit und mit einem widerlichen Würmergewimmel übersät. Von ihm geht auch der bestialische Gestank aus. Ibele hält sich sein frisch gebügeltes Taschentuch vor Mund und Nase. Dann ist da noch der Hund. In einer mehr als unnatürlichen

Stellung liegt er auf dem Bauch, alle Viere von sich gestreckt. Aus den wesentlichen Körperöffnungen quillt ihm grüner Schleim und Schaum. Ibele presst sich das zum Glück noch einen leichten Waschmittelduft verströmende Taschentuch ins Gesicht und gibt Türtscher ein unmissverständliches Zeichen. Der geht zum Auto zurück und ist gleich wieder da, ein flaches Fläschchen in der Hand.

„... das hilft!", ermuntert er Ibele und den Mediziner. Der eine trinkt, der andere lehnt dankend ab, ist ein harter Kerl. Es hilft wirklich. Der Doktor hat in der Zwischenzeit von aller olfaktorischen Unbill unbeeindruckt die Tannenäste von der Leiche genommen, natürlich nicht ohne Ibeles Einverständnis. Dann begutachtet er sie gründlich.

„Ja, der ist tot", kommt bald die präzise Diagnose. Kompliment, man merkt, dass der Mann zehn Jahre studiert hat, denkt der Inspektor. „Seit vorgestern, wenn man mich fragt, was eine gute Idee wäre, hahaha. Der Kopf war nicht sein größtes Problem. Da ist Gift im Spiel, da könnt ihr Gift drauf nehmen, haha!" Der Humor scheint in der Gegend fest verwurzelt zu sein.

Wie er denn darauf komme, fragt Ibele ernst.

„Die Haut, Inspektor. So eine Haut sieht man nur bei Vergifteten. Wenn wir hier nicht doch ziemlich weit vom Meer entfernt wären, könnte die Mordende Hand am letalen Werk gewesen sein."

„Die Mordende Hand, was soll das heißen?", wundert sich Ibele. Hat da noch jemand zu viele Indianer-Comics gelesen?

„Schau her, Inspektor, diese Muster am Hals, auf der Brust, im Gesicht und quer über die Finger, das schaut aus wie von Quallententakeln verursachte Verbrennungen. Die Mordende Hand, auch Seewespe genannt, ist eine Quallenart aus dem Pazifik, extrem giftig und innerhalb von Minuten absolut tödlich, wenn sie dich berührt."

„QuallRententakel? Mensch Doktor, wir sind im Gebirge, Tausende Kilometer von jedem Pazifik und Ozean entfernt! Was übriggeblieben ist, ist seit Jahrtausenden versteinert. Und der Kopfschuss, kommt der auch von den Quallen?", meldet Türtscher Zweifel an der abenteuerlichen Diagnose an.

„Ich mein ja nur, irgendetwas stimmt da nicht. Es könnte auch das Zeug im Rucksack sein, das gefällt mir ganz und gar nicht." So weit es seine Konstitution zulässt, nähert sich der Arzt dem Gestank. Türtscher reicht ihm mit lang ausgestrecktem Arm den Flachmann. Mit einem Ast gelingt es dem Doktor schließlich, den Rucksack zu öffnen und einen Fetzen des Inhalts herauszustochern.

„Das ist Fleisch", verkündet er, „aber nicht von meinem Fleisch, hahaha. Verdorbenes, verfaultes, schimmliges Fleisch, allerbestes Eins-a-Gammelfleisch, Wild vermutlich!"

„Hast Du eigentlich die Spurensicherung angerufen?", fragt Ibele seinen Kollegen.

„Sicher, und den Marent auch. Verflixt, aber die Presse nicht!" Er zeigt auf den Güterweg, der sich über die steilen Hänge heraufschlängelt. Das einzige, was weit und breit unterwegs ist, ist nämlich ein kleines, gelb-schwarzes Wägelchen mit einer Art Flosse auf dem Dach. Nein, es ist nicht die Post, obwohl die auch überall ist, naja, sein sollte. Hier handelt es sich um ein Fahrzeug des regionalen Internetnachrichtenportals und Medienimperiums, landauf, landab bekannt wie ein bunter Hund.

„Du heiliger Salesius, nicht die schon wieder", stöhnt der Inspektor, milde belächelt vom Bergdoktor.

„Wer ist der Marent?", erkundigt sich Ibele beim Kollegen.

„Das ist der Bestatter aus Schruuh."

Warum das Schruuh heißt, möchte Ibele wissen, wenn doch auf der Ortstafel Schruns steht?

„Es ist eine Ableitung vom rätoromanischen Scherun, was so viel wie Serum bedeutet und irgendwas mit Molkerei oder Milchverarbeitung zu tun haben soll", doziert Türtscher. Oder mit verseuchtem Rotwild, ergänzt Ibele für sich. Meinetwegen Schruuh – bei Türtscher heißt es auch mara, wenn er auf morgen verweist. Mara am Marga, das ist nicht der Name einer orientalischen Fürstin, es ist einfach der kommende Morgen.

Apropos orientalische, nämlich indische Fürstin samt totem Fürst, da gibt es auch noch eine Geschichte, über die Ibele in der Dorfchronik gestolpert ist, und nach der er einen der Eingeborenen, einen gelehrten, wenn so etwas aufzutreiben ist, befragen wird müssen. Später.

Jetzt kommt inmitten einer Staubwolke das gelbe Gefährt zum Stehen. Ein junger Bursche springt heraus, ein Britannienfan, nach dem rötlichen Bart zu schließen, der sein rundliches Gesicht einrahmt. Sehr höflich grüßt er alle und niemanden mit einem über die Köpfe verstreuten „Hallo mitnand", schaut sich kurz um, nimmt dann eine Kamera mit Riesenobjektiv vom Rücksitz und beginnt wild zu fotografieren. In weiser Voraussicht hält er sich zuerst an die Umgebung, zoomt sich sogar die Alphütten heran, widmet sich dann den ersten Gräsern des Frühlings, als gälte es einen Alpenflorakatalog zu erstellen, bis ihn der Doktor mit einer so minimalen wie schadenfrohen Bewegung des Kinns auf die Richtung aufmerksam macht, in der Wesentlicheres zu finden wäre. Da setzt der Reporter eine noch investigativere Miene auf, Ertrag eines mehrsemestrigen Publizistikstudiums, und nähert sich, von der Betrachtung der bisher gemachten Aufnahmen auf dem Kameradisplay abgelenkt, dem gewesenen Banker. Aber nur, bis er zwei Schritte vor ihm ruckartig stehenbleibt, witternd Kopf und Nase vorstreckt, zwei Mal schluckt, drei Mal nach Luft schnappt und sich im nächsten Moment in hohem Bogen talwärts übergibt. Der Doktor wiehert vor Lachen, die Polizisten schütteln den Kopf. Weiter unten taucht ein grauer VW-Bus auf, ein weißer folgt knapp dahinter. Türtscher hält dem Burschen seine Schnapsflasche unter die Nase, auf der schräg eine mit gelblichen Spritzern übersäte Brille hängt.

„Wer hat dich eigentlich heraufgeschickt? Gibt's drunten im Tal nichts zu berichten, keine umgefallenen Mehlsäcke in China, keine explodierten Kochtöpfe, kein gestohlenen Dreiräder oder so?"

„Sehr witzig! Der Typ mit dem Fahrrad, der auch euch angerufen hat. Endlich einer, der weiß, auf wen's ankommt, und ganz ein Schneller! Nur warum er sein Fahrrad den Berg hinunterschiebt, hat er mir nicht verraten wollen. Ist ja auch egal. Was ist da heroben los?", entgegnet der Reporter, dem es ernst ist mit seiner Info-Mission.

Die Ankunft der Spurensicherer und des Leichenbestatters lassen Türtscher keine Zeit mehr, sich um den Jüngling zu kümmern. Ist auch egal, der ist es gewohnt, sich irgendeine Geschichte aus den Fingern zu saugen, Hauptsache der Aufmacher stimmt, und der ist in diesem Fall ein gefundenes Fressen, nicht nur für die Maden. Nur den nunmehr leeren Flachmann nimmt Türtscher nach dem ersten langen Schluck aus der zitternden Hand des Schreiberlings, der sich glucksend und gurgelnd Mut macht, ganz so, wie ihm sein Unterländer Schnabel gewachsen ist: „Des ischt a Schtori, so a Schtori hian ih noch nia kia! Kumm scho, Marko, rieß di zemm, gangs a!“, stammelt er in sein zögerlich sprießendes Kinnbärtchen.

„Marent, Grüß Gott“, stellt sich der aus dem grauen Bus bei Ibele vor, dem Doktor und Türtscher schüttelt er wortlos die Hand. Dann lehnt er sich, die Hände tief in den Hosentaschen vergraben und mit Respektabstand vor dem Toten oder einfach wohlweislich außerhalb des Geruchsradius an seinen Wagen und wartet. Der Spurensicherungschef persönlich, der mit dem klingendsten aller klingenden Namen, Heliodor Sonnbichler, macht sich weißgewandet und mit eilig aus dem Auto geholter Atemmaske ans Werk. Weil er im Kommando als Waffen- und Ballistikexperte gilt, befragt ihn Ibele nach seiner Meinung zu Besenböcks exorbitanter Kopfwunde.

„Das schaut mir arg nach Elefantenjagdmunition aus. Ich fress einen Besen, wenn da nicht auf allerkürzeste Distanz geschossen worden ist, vielleicht sogar auf den am Boden Liegenden. Womit wird das Labor herausfinden, außer wir treiben zufällig die Hülsen auf, wenn der Schütze so leichtsinnig war, sie nicht einzusammeln. Höchstens, aber da müsste ein Wildbiologe her, der das verlässlich und ohne wochenlang auf Laborergebnisse warten zu müssen einschätzen kann, höchstens wenn da der Wolf am Werk gewesen wäre! Könnte ja sein, was man so hört in letzter Zeit.“

„Hallo Heliodor, komm wieder runter von deinem Abenteuertripp, du bist nicht der Lederstrumpf. Hast du schon von Wölfen gehört, die ihre Beute mit Tannenzweigen zudecken?“ Tatsächlich braucht es keinen Wildbiologen, und sei er noch so eine Koryphäe seines Fachs, ein wahrer Schatz sozusagen, um Besenböcks Todesursache zu erkennen. Dem hat ein rabiater Zeitgenosse schlicht und einfach die Rübe weggeblasen, wie es Jerry Cotton ausgedrückt hätte.

„Was wissen wir denn über den Mann?“, wendet sich Ibele an Türtscher.

„Mein Gott, der Besenböck: wie gesagt, ein Bundesbank-Pensionist aus Wuppertal oder so, seit gut zehn Jahren wohnt er im Sommer in einem Chalet am Heilandskogel droben, die Wintermonate verbringt er meist in Mallorca. Obwohl, heuer ist er früh zurückgekommen, sehr früh eigentlich. Ansonsten? Ein überzeugter Biertrinker und Vegetarier, fast schon militanter Tierschützer und überzeugter Pazifist. Seit ein paar Jahren liegt er naturgemäß im Dauerkonflikt mit der örtlichen Jägerschaft und der Landwirtschaftskammer. Für die Konservativen im Dorf war er Feindbild Nummer eins, eine Art Verräter und auch einer, der ihnen die Perversität ihrer Heldenverehrung leibhaftig vor Augen geführt hat. Sein Vater war Nazi-Offizier, so ein blutjunger, fanatischer SSler, einer von denen, die nicht glauben wollten, dass es nichts wird mit dem Endsieg. Wenn ich mich nicht täusche, war er an den letzten Kriegshandlungen im Tal beteiligt, eine sehr ungute Geschichte, es hat Tote gegeben. Der Silberberger Bürgermeister kennt sich aus. Frag ihn, den Pitriol, er redet gern.“

Die Vonderleu-Alpe möchte Ibele noch sehen, wenn er schon fast da ist. Ohne genau zu wissen, was er sich davon verspricht, bittet er Türtscher darum, mit ihm hinaufzufahren. Vielleicht nur, um von diesem furchtbaren Ort wegzukommen.

„Kannst ruhig sitzen bleiben, ich komme allein zurecht“, wehrt er nach kurzer Fahrt Türtschers Angebot ab, ihm alles zu zeigen.

Was Ibele zu tun hat, geht am besten allein: denken. Nicht das Sehen steht im Vordergrund, obwohl eine richtige Modellalpe vor ihm liegt, mit Platz für an die 100 Stück Vieh, alles in einem picobello Zustand und mit sagenhaft schönem Fernblick in die Bergwelt. Ein Paradies ist das. Vonderleus Verzweiflung, dieses Schmuckstück nicht bewirtschaften zu können, weil die Schweizer kein Vieh herschicken, kann der Inspektor nachvollziehen. Nur: Wegen seiner Verzweiflung wird niemand den Vonderleu erschossen haben, den Besenböck auch nicht. Geht es überhaupt um die Kühe und die Seuche? Sind eventuell ganz andere, viel menschlichere Dinge ausschlaggebend? Hinter einem kleinen Schuppen, wo ihn niemand sehen kann, setzt sich Ibele auf eine Bank. Es ist ihm ab und zu und immer öfter wichtig, ungesehen zu bleiben. Gerade dann, wenn es nichts zu sehen gibt. Nach einer Viertelstunde geht er zum Auto zurück und lässt sich ins Dorf bringen. Von dort aus fährt er weiter nach Silberberg, zum Gemeindeamt. Das steht unmittelbar neben der Kirche, dazwischen das ominöse Denkmal.

Nein, für das Mittagessen bei den Schulbrüdern hat Ibele jetzt weder Zeit noch Appetit noch sonst einen Grund. Pfarrer Rüscher muss allein zurechtkommen.

XV.

Mittags. Im Schulzentrum der Schulbrüder zu Bludenz

Der Fuchs weiß viele Dinge,
aber der Igel weiß eine große Sache.
Archilochos

Was für eine Prüfung dieses die Koch- und Servierkünste der Tourismusschüler prüfende Essen tatsächlich werden sollte, ahnt noch keiner der in Grüppchen herumstehenden und am Aperitif nippenden Gäste. Weder Pfarrer Rüscher noch Inspektorin Dr.in Amalie Dornbusch-Kähle, deren altbackenes Aussehen leider ein getreues Abbild ihrer Gesinnung ist, noch ihre Kollegin Mag.a Lotte Messerle, wie üblich in schlecht sitzende Designer-Klamotten gehüllt. Als sie an ihren Tisch gebeten werden, an dem ein weiteres Organ der Schulaufsichtsbehörde, eine wortkarge Amtsrätin, Platz nimmt, sind sie auf nichts gefasst als auf ein Mittagessen zwischen gehobener Kulinarik und gepflegter Langweile. Dann stellen sich die für sie zuständigen Schülerinnen und Schüler vor, zwei, kräftige, wenn auch nervöse Mädchen als Küchenteam und ein schneidiger junger Mann als Kellner, Fidelis genannt. Und schon geht es los. Die Vorspeise wird serviert, lokale Variationen von Frühlingsrolle und Sushi mit Sauerkäsefüllung, hier stolz als „Sura-Kees-Röllele mit Litz-Lachs-Häpple" präsentiert. Zwei der vier Tellerchen bleiben fast unangetastet, was des Pfarrers Augen stark ins Rollen und seine Speicheldrüsen zur Höchstleistung bringt. Ungern lässt er die Leckerbissen ziehen, hält sich umso mehr an den angebotenen Tropfen aus der Wachau und tischt sogleich mit penetranter Vehemenz seine Forderung nach Professor Armellinis Versetzung an den Bodensee auf. Irgendwo muss es doch eine Schule geben, wo der linke Querulant gezähmt wird. Im Bregenzer Sacré Coeur vielleicht? Da begehrt allerdings Mag.a Messerle auf, die sich diese feine Schule mit ihrer so wundersamen Aura sicher nicht von einem kommunistischen Grobian und – wer weiß? – Mädchenfeind kaputt machen lässt. Ob man den überhaupt auf die höheren Töchter loslassen könne? Verständnislos glotzt Rüscher sie an.

Einer weiteren Konfrontation oder gar Eskalation schiebt Fidelis vorerst einen Riegel in Form der schwungvoll servierten Suppe vor. Die ersten Bärlauchblättchen mussten dafür dran glauben, ein Steckenpferd des Direktors persönlich, der sie mit sicherer Hand und geübtem Auge von den Frühlingswiesen pflückt. Keine Gefahr der Verwechslung mit giftigen Doppelgängern: Herbstzeitlosen, Maiglöckchen, dem Gefleckten Aronstab oder der besonders hinterhältigen Vielblütigen Weißwurz. Auch sauber gewaschen wird das Zeug, um Meister Reinekes Fuchsbandwurmeier aus dem Spiel zu nehmen. All das erläutert der geistliche Herr mangels Empathie mit wenig geistreichen Phrasen den Damen, die die grüne Brühe daraufhin mit größter Skepsis löffeln. Nur allerbeste Erziehung, das heißt ausgeprägte Feigheit, hindert sie daran, den Verzehr zu verweigern. Weil aber die etwas ungeduldigen Köchinnen die Hauptspeise eine Spur zu eilfertig in die Pfanne geworfen haben, drängt Fidelis bald auf Abgabe der Tässchen, die ihm erleichtert gewährt wird.

Also, Armellini muss weg aus Bludenz, weg aus dem Tal, und sei es nur, um das Seelenheil der Vonderleu-Tochter zu retten, um deren körperliche Unversehrtheit schon jetzt größte Sorge bestehe, insistiert Rüscher nach einem langen Schluck aus dem Weinglas. Betretene Gesichter bei den Damen. Nur mit Mühe halten sie an sich, zu sehr nagt die Hartnäckigkeit Rüschers an ihrer Dignität. Redet man so mit der hohen, in Wirklichkeit aber überflüssigen und gerade noch nicht der nächsten, schon wieder verschlampten Verwaltungsreform geopferten Schulbehörde, mit Hofrätinnen? Auch wird es für die Damen immer schwieriger, die mühsam aufrechterhaltene gegenseitige Solidarität zu wahren, Loyalität zu zeigen und gleichzeitig die eigenen Interessen zu verteidigen. Lange wird das nicht mehr gehen. Schon jetzt zuckt es, wie der die Szenerie überwachende Schulchef feststellt, bedenklich um die dünnlippigen Münder, die sich wie Fischmäuler öffnen und schließen über dem noch Unsagbaren. Beängstigende Furchen erscheinen auf den aufwendig per Antiaging geglätteten Stirnen, die Bewegungen werden fahriger, bis hin zu leichten Spasmen. Immer wieder greift eine Hand zur Gabel, zum Messer, fuchtelt unkoordiniert damit herum und legt es wieder ab. Man könnte beinahe an der Bärlauch-Reinheit zu zweifeln beginnen.

Kann der den Hauptgang ankündende Fidelis die Lage entschärfen? Rüscher zumindest findet Ablenkung im vorab servierten Roten, einer brombeerfarbenen Cuvée aus dem Südburgenland. Die Frauen ergehen sich in einigen nichtssagenden Kommentaren zu den anstehenden Genüssen: eine Roulade vom Bio-Baby-Beef mit feiner Pilzfüllung, dazu mit flüssiger Alpbutter abgeschmecktes Kartoffel-Sellerie-Püree.

„Dem Bärlauch entronnen, den Pilzen erlegen?“, witzelt Messerle mit vorgetäuschtem Galgenhumor unglaubwürdig in die Runde. Von ihren Mitstreiterinnen erntet sie säuerliches Lächeln. Pfarrer Rüscher reagiert mit einem ausgiebigen Schluck vom Roten und lautem

Zungenschnalzen. Oder war's ein Rülpser? Niemand will es so genau gehört haben. Mit Unterstützung seines charmanten Kollegen Hüseyin bringt Fidelis vier Teller an den Tisch, die beiden heben zeitgleich und theatralisch die silbernen Gloschen. Mit Kenner- oder vielmehr lüsternem Fresserblick taxiert Rüscher das Fleisch, stochert unbekümmert in der Fülle herum und fördert eine Gabelspitze von der kleingehackten Pilz-Kräuter-Farce zutage. Den Rest der Farce schiebt er nach und nach so unauffällig wie möglich an den Tellerrand, verdeckt ihn mit der Petersilien-Rosmarin-Kerbel-Ringelblumen-Dekoration. Gemüse ist seine Sache nicht.

„Nun, meine Damen, in medias res!", posaunt er und spießt sich einen mächtigen Bissen Fleisch auf die Gabel. Schon mahlen seine kräftigen Kiefer – Gottes Mühlen gleich – schmatzend und gründlich. Um nicht reden zu müssen, tun seine Tischgenossinnen es ihm gleich. Weil an jedem der vier Tische im Saal ein anderes Menü serviert wird, fällt der externe Vergleich weg. Der Kreis ist geschlossen. Der im Stil eines Maitre d'hôtel an der Anrichte stehende Schulboss richtet auf das Quartett mit Rüscher und den drei Damen vermehrtes Augenmerk. Nicht nur weil seine Dienstherrin dort sitzt, mit der er sich nicht anlegen möchte. Rüscher ist ebenso ein unvermeidlicher wie schwieriger Gast, dasselbe gilt für die Oberinspektorin. Wenn diese Menschen nur nicht so verblendet wären, so eingefahren in ihrer Ignoranz! Jetzt halten sie wenigstens den Mund und essen brav. Doch halt, nein: Da läuft eine davon!

Die Frau Amtsrätin ist es, die's eh nicht so hat mit dem Laufen, hat ein böses Bein oder so, die Arme. Im Zickzack sucht sie den Weg zwischen den Tischen hindurch nach draußen. Die Augen scheinen ihr mehr Probleme zu machen als der Magen, zwei, drei Mal stößt sie an Stühle, rempelt und boxt, bis sie schließlich an der riesigen Glasfront der Aula scheitert, gegen die sie mit voller Wucht rennt und mit einem spitzen Schrei, einem Schneidezahn weniger und geplatzter Oberlippe zurückprallt. In einer rasch größer werdenden Blutlache endet sie, wenn auch nicht ganz. Wieder hat die gläserne Wand zugeschlagen. Im Speisesaal bleibt das weitgehend unbemerkt, weshalb sich Rüscher, Dornbusch-Kähle und Messerle weiterhin mit wachsender Inbrunst dem Jungrind und ihrer mühsam-armseligen Konversation hingeben. Allerdings auch angeheizt von zunehmender Lebhaftigkeit und Streitlust, wie der Zuschauer feststellt. Zündstoff gibt es genug an dem Tisch, das weiß Rümmele, der Direktor. Deshalb hat er auch gezögert, die drei dort zu platzieren, aber das Protokoll, die Etikette und Rüschers Hartnäckigkeit haben ihm keine andere Wahl gelassen. Schon dringt Messerles unangenehmes Organ durch den ganzen Raum, bald im Duett mit Dornbusch-Kähles selbst in der Erregung leierndem, leicht wieherndem Singsang. Bei Rüscher reicht es zu nicht viel mehr als kräftigen Schlägen mit der Faust auf den Tisch und vereinzelten krächzenden Ausrufen. Muss man da jetzt einschreiten?, fragt sich der Schulleiter. Kann man einschreiten? Ja, will man es denn?

An den andern Tischen verrenkt sich das distinguierte Publikum aus Elternvereinsvertreterinnen und drittklassigen Honoratioren die Hälse und will doch so tun, als sei nichts. Das wird immer unmöglicher, denn mittlerweile ist ein regelrechtes Gerangel ausgebrochen, eine Art Ringkampf. Alle Schranken fallen, alle Hemmungen schwinden, leider noch vor den Kräften. Schließlich schlägt Messerle in weltmeisterschaftsreifer Fußballer-Manier mit aller Gewalt ihre mächtigen Schneidezähne in das muskulöse Genick ihrer Kontrahentin. Mit grellem Lippenstift vermischtes Blut rinnt über ihr kantiges Kinn und tropft reichlich auf die dottergelbe Bluse. Dann sackt sie gleich einem gefällten Wolkenkratzer in sich zusammen und ringelt sich auf dem Parkett zuckend und einem Embryo gleich um ein Tischbein, bis sie erlahmt. Die Gebissene kreischt hysterisch, stößt wüste Verwünschungen aus, ergreift mit der Rechten die Reste der Roulade und schleudert sie quer weit über alle Tische, ihr halbvolles Weinglas auflachend hinterher. Dann krallt sie die roten Fingernägel ihrer knochigen Hände ins Tischtuch und kippt schließlich von heftigen Krämpfen geschüttelt samt ihrem Stuhl hintüber. Schwer knallt sie mit dem Hinterkopf auf das besudelte Parkett. Bilderbuchreif zerschellen Teller, Gläser und Platten auf dem Boden. So enden abrupt und unehrenhaft zwei so schön verlaufene, so beispielhaft geradlinige und famose hofrätliche Schullaufbahnen in einem Chaos aus Blut, Scherben und Aggression. Nur Rüscher blickt stumm und stier auf dem nun leeren Tisch herum, bevor sein purpurrot angelaufener Kugelkopf ungebremst in den Teller klatscht und das restliche Kartoffel-Sellerie-Püree mit großen Teilen der Fleischfülle in hohem Bogen herumspritzt. Hochwürden lässt das völlig kalt, da er zwar noch nicht den Löffel abgegeben, aber gründlich das Bewusstsein verloren hat.

Laut ertönt der Ruf nach einem Arzt. Jedoch ist keiner anwesend, nicht einmal ein Turnusdökterlein, kein Medizinstudent auf Heimaturlaub, nichts. Ja, es schaut schlecht aus mit dem Medizinernachwuchs, und die Kollegen, die der föhngewellte Direktor der vereinigten Landeskrankenhäuser unter Vertrag genommen hat, sind gewiss im Augenblick alle dabei, eine ihrer 72-und-mehr-Stunden-Schichten abzudienen. Denen möchte man sein marodes Fleisch eh nicht unbedingt anvertrauen. Nun ist guter Rat teuer, fast so teuer wie schnelle Hilfe. Doch: Ein Stück weit drinnen im Tal gibt es einen weltberühmten Medicus. Muss eben der her, wenn nötig mit dem eigenen Hubschrauber eingeflogen, und sei's von einem seiner privaten Eiländer, Golden-Ei-Länder sollte es heißen.

„Her mit dem Kerl, auch wenn es mitten am Tag ist und von mir aus barfuß! Sollen die abgerissenen Snowboarder-Menisken und zerbröselten Skispringerschultern, die Fußballerkreuzbänder und Leichtathletenachillessehnen und all die anderen sinnlosen Sportlerwehwehchen ruhig warten!", verleiht der Schulleiter der akuten Notlage lauthals seine Stimme.

Im Nachhinein empfinden es dann nicht wenige als Affront, dass die Arbeit der Jungköchinnen trotz hoher Ausfallsquote bei Tisch einstimmig mit der Note Gut bewertet worden ist und sie nur deshalb nicht das Punktemaximum erreicht haben, weil das Dessert um eine Spur verzögert servierbereit war. Fidelis freut sich gar über ein Sehr gut. Dabei hat er aufgrund des vorzeitigen Abbruchs der Prüfung nicht einmal seinen größten Trumpf, die flambierten Omelettes surprises, ausspielen können. Doch an der Zubereitung und dem Ablauf des Diners war nichts auszusetzen. Im Gegenteil, der perfekte Garungsgrad der Roulade und die ideale Konsistenz der Füllung hätten sich dankbarere, robustere Esser verdient, lautet die fast einhellige Meinung des Fachpublikums.

Für Dr.in Dornbusch-Kähle und Mag.a Messerle sind diese Diskussionen müßig. Sie haben das Pilzgericht nicht überlebt. Die Amtsrätin büßt es mit dem Verlust der Sehkraft des linken Auges und einer längeren Rehabilitation zur Wiederherstellung des lädierten Sprachzentrums. Nur Pfarrer Rüscher hat nebst seiner robusten Konstitution einen tüchtigen Schutzengel zur Seite gehabt – oder aufgrund des reichlichen Weinkonsums die Giftstoffe erfolgreich ausgeschwemmt. Vielleicht ist ihm auch seine Gewohnheit, alles Nichtfleischliche auf dem Teller nachrangig zu behandeln, zur Rettung geworden. Auf jeden Fall wird er, auch wenn es knapp war diesmal, eine gute Woche nach dem verhängnisvollen Tag wieder im Pfarrhof anzutreffen sein. Etwas wackelig auf den Beinen zwar, mit schlotternder Soutane und nach der tagelangen Nulldiät weit abstehendem Kollar, aber überzeugter von seiner Auserwähltheit denn je.

Wie die Obduktionen ergeben haben, liegt die Todesursache der Damen im Verzehr einer zigfach tödlichen Dosis des Grünen Knollenblätterpilzes, auch bekannt als Amanita phalloides. Nicht unbeträchtliche Reste davon fanden sich in getrockneter, fein gehäckselter Form in der Schulküche, sorgfältig verpackt und von nicht mehr zu ermittelnder Hand säuberlich beschriftet: „Pilze für Füllung, Schattenwald/Rellstal, Sept. 2014". Ob eine tragische, durchaus mögliche Verwechslung mit dem beliebten Ritterling vorliegt, oder ob wer auch immer gezielt für seine Verwendung an Tisch eins gesorgt hat, wird zu eruieren sein. Der Oberst hat zwei seiner Experten mit der Sache betraut, nicht ohne Ibele zum Oberkommandierenden der Ermittlungen zu bestellen. Die verhängte Nachrichtensperre war nicht leicht durchzusetzen. Zu sehr sind die

Medienleute noch von der Leutseligkeit des Generals verwöhnt und allzu quotentreibend sind die involvierten Personen. Dass ein Zusammenhang mit dem Fall Vonderleu besteht, bezweifelt Ibele. Baldreich gibt ein mögliches Motiv Armellinis für die Ausschaltung des Pfarrers und der Inspektorin zu bedenken. Dem steht allerdings Antonios militanter Pazifismus gegenüber – und überhaupt: Hätte der Inspektor nicht ebenfalls teilnehmen sollen an dem Gastmahl, wenn es nach dem Willen von ... ja von wem eigentlich? ... hätte gehen sollen? Von wem kam denn die Einladung? Vom Pfarrer, oder? War der nur Vermittler und jemand anderes steckt dahinter? Jemand aus St. Bartholomäi, jemand von der Denkmalsfraktion, ein Bilderstürmer, ein TBC-Profitler? Das sollte in Erfahrung zu bringen sein.

XVI.
Freitagnachmittag, beim Bürgermeister von Silberberg

Serafin Pitriol, der Bürgermeister von Silbertal, ist nebenbei Hotelier – oder umgekehrt, das ist nicht so genau definiert. Einige Minuten dauert es, bis der telefonierende Gemeindesekretär den Inspektor in Augenschein nimmt. Inzwischen hat Ibele Zeit, sich umzusehen. Eine an die Wand gepinnte, mit rätselhaften Symbolen übersäte Karte zieht seine Aufmerksamkeit auf sich.

„Verdachtsflächenkataster & Altlastenatlas von Vorarlberg“ steht in roten Lettern darüber. Interessant! Sowas sollten wir im Kommando auch aufhängen, denkt Ibele und fragt sich, welche Wand groß genug für all die Verdachtsflächen und Altlastenzonen sein könnte.

„Worum geht es denn da?“, fragt er den Sekretär auf den Plan deutend, nachdem der Herr sein Telefonat mit einem wenig bürgerfreundlichen Ausdruck beendet hat.

„Im Verdachtsflächenkataster werden entsprechend den Bestimmungen des Altlastensanierungsgesetzes Altablagerungen und Altstandorte von Mülldeponien registriert, von denen aufgrund früherer Nutzungsformen erhebliche Gefahren für die Gesundheit des Menschen oder die Umwelt ausgehen können. Der Altlastenatlas umfasst jene Altablagerungen und Altstandorte, von denen nach Durchführung von Untersuchungen und einer Gefährdungsabschätzung erhebliche Gefahren für die Gesundheit des Menschen oder die Umwelt ausgehen. Und was geht das den Herrn an, wenn man fragen darf?“, kommt es in einem Atemzug und wie aus der Pistole geschossen zurück. Fixteifeleini, raunt es im Inspektor, überrascht von der Menge der eingezeichneten Gefahrenquellen, besonders in den dicht besiedelten Gebieten der Täler.

„Wenn wir da noch die wirtschaftlichen Alt- und Neulasten dazumalen, schaut's bös aus, von den moralischen ganz zu schweigen, oder?", versucht er eine Kommunikation mit dem Grantler, während er seinen Dienstausweis zückt, ihn dem Mann nah vors Gesicht hält und sich nach dem Bürgermeister erkundigt.

„Chefinspektor? Seit wann braucht's bei uns einen Chefinspektor? Ah, wegen dem toten Ex-Bauern von St. Bartholomäi. So geht's eben, wenn man den Hals nicht vollkriegt." Im Moment sei der Herr Bürgermeister besetzt, meldet der Gemeindesekretär daraufhin. Es tagt eine Arbeitsgruppe mit Vertretern von Landwirtschaft, Jägerei plus Wildbiologe und Veterinärbehörde der Bezirkshauptmannschaft Bludenz zur Beobachtung der Situation in der Wildregion Silberberg. Leiter der Arbeitsgruppe ist Pitriol. Die Herren halten ihren monatlichen Jour fixe zur Festlegung notwendiger Maßnahmen im Rahmen des TBC-Befalls. Eine halbe Stunde wird es noch dauern. Die mag Ibele gerne aussitzen, oder noch besser: einsetzen, um Kirche, Friedhof und Denkmal zu inspizieren. Oder das, was aus dem Denkmal geworden ist, ein Friedensraum. Vielleicht sollte man den Gemeindesekretär einmal dorthin schicken! Das könnte ihm gut tun, und noch mehr denen, die noch immer von bürgernaher Verwaltung träumen. Bürgernahe Verwaltung: Können denn Kühe Rad fahren? Na bitte. Die Verwaltung ist doch dazu da, dem Staat die Bürger vom Leib zu halten, nicht wahr?

In der Kirche, einem für ein abgeschiedenes Bergdorf enorm prunkvollen Gebäude, was wohl dem früheren Silberabbau zu verdanken ist, verweilt der Inspektor einige Minuten, um sich zu sammeln. Auch ein Kerzlein zündet er an vor dem St.-Wendelins-Bild, gestiftet von Adolf G. Vonderleu, auf dem der Schutzheilige der Älpler mit einem Schäflein auf dem Arm, einer lässig auf der Wiese liegenden Kuh, einem munter springenden Rösslein und einem harmlos wirkenden Hirtenhund dargestellt ist. Ein Kerzlein, das brennen und Ibeles Gedanken weiter befeuern soll, wenn er selbst schon wieder mit anderem beschäftigt ist. Das ist ihm allemal einen Euro wert. Abgesehen davon: Wie ist das mit Opferkerzen, Stoßgebeten, wundertätigen Medaillen und über die Tür genagelten Hufeisen? Sie wirken auch dann, wenn man nicht dran glaubt!

Zwischen Kirche und Gemeindeamt finden erste Vorbereitungen für die anstehende Maibaumfeier statt. Das gehört zwar ursprünglich so wenig in die Gegend wie Brunnenthaler Braunvieh in die Wüste, doch das kümmert niemanden. Als Ibele sich bei einem Arbeiter erkundigt, was das werden soll, antwortet der spürbar begeistert mit „Das wird unser Bespaßungsbereich, schau nur, mit Bullenreiten, Hau-den-Lukas und Schießbude" – als wäre es das Selbstverständlichste auf der Welt. Und weil gerade das Selbstverständlichste im Grunde das Unerklärbarste ist, insistiert Ibele lieber nicht. Wie wenig hat jemand zu lachen, der sich in einen Bespaßungsbereich begibt? Viel fremder als in der letzten halben Stunde, so sagt ihm sein Gefühl, kann ihm das Leben auf dem Lande nicht mehr werden, egal, was der Bürgermeister an Neuigkeiten auftischen mag.

Auf den Stufen, die zum Gemeindeamt hinaufführen, begegnen Ibele sodann sechs oder sieben Männer, der Kleidung nach Hubertusjünger und Beamte, die einen in Grün, die andern in Grau. Alle sind von ihrer Mission dermaßen in Anspruch genommen, dass sie Ibele auf ihrem Weg ins Dorfgasthaus nicht einmal übersehen. So ist der Jour fixe also beendet; demgemäß wird Ibele vom Sekretär wortlos ins Bürgermeisterbüro durchgewunken. Das Dorfoberhaupt gibt sich leut- und redselig, sogar über Ibeles Besuch und seinen Grund ist er schon informiert. Von wem? Von seinem Kollegen aus St. Bartholomäi. Wie der zu Informationen über Ibeles Ansinnen kommt, bleibt vorerst offen. Wie es mit der Seuchenbekämpfung ausschaue, eröffnet Ibele das Palaver.

Soeben habe, wie dem Herrn Kommissar wahrscheinlich nicht entgangen sei, die eigens für die TBC-Situation im Rotwildraum Silberberg-Radonatal-Lech eingerichtete Arbeitsgruppe getagt und die intensive Kontaktaufnahme mit den Revierverantwortlichen beschlossen, zu denen zu Lebzeiten auch der leider so unerwartet und tragisch dahingeschiedene Vonderleu gehört habe, erfährt Ibele. Das wesentlichste Ergebnis der Besprechung sei der Beschluss, mit gezielten Vergrämungsabschüssen zu beginnen, so wie es am Bodensee mit den Kormoranen gemacht werde. Dazu plane man intensivierte Hegeabschüsse im Sonderüberwachungs- und Sonderuntersuchungsgebiet Silberberg.

Besonders der Begriff *Vergrämungsabschüsse* lässt den Kriminalisten aufhorchen. Die Jäger haben's gut, möchte er sagen, verkneift es sich aber. Sonderüberwachungs- und Sonderuntersuchungsgebiete –ob es auch dafür so eine schöne Karte gibt wie für die Altlasten, will Ibele wissen.

„Gibt es leider nicht, noch nicht", antwortet Pitriol ungerührt, „aber der Auftrag dazu ist schon erteilt, an ein externes, privates Büro." Nur zufällig gehört dieses Büro Pitriols Schwiegersohn, erfährt Ibele bald darauf. „Wir haben in der Wildregion St. Bartholomäi-Silberberg bei Gamsböcken heuer eine Abschussquote von 459 Prozent der Mindestabschussvorgabe erreicht. Bei Rehböcken sind es gerade einmal 111 Prozent. Noch stehen wir allerdings mit 64 Prozent untragbarem Wildeinfluss landesweit am schlechtesten da, falls Sie sich auskennen, tragbar wären 30 Prozent. Die Leiblachtaler und Vorderwälder stehen gar bei 18 Prozent. Wenn das nur mit rechten Dingen zugeht bei den verdruckten Teifeln! Ein Jahr noch, und wir holen das alles auf, das kann ich Ihnen garantieren."

Auf diese Garantie legt Ibele relativ wenig Wert. Ihn interessiert mehr, ob Vonderleus und Besenböcks Mörder seine Quote bereits erfüllt hat oder noch weitere Abschüsse folgen, egal ob Vergrämungs- oder Hegeabsichten dahinterstecken.

Zur Sache jetzt also: Pitriol erzählt von Kai-August Besenböck. Dessen schon vor Jahrzehnten verstorbener Vater Gustav hatte sich als junger SS-Offizier und Kommandant einer versprengten Kompanie mit den letzten abziehenden Truppen im Tal Richtung Osten durchgekämpft. Einige Einheimische machen ihn verantwortlich für den Tod der hochschwangeren Laetitia Breuss, der Mutter des Totengräbers oben in St. Bartholomäi, die im April 1945 in ihrem brennenden Haus ums Leben gekommen ist. Ihr Mann war eingerückt und das einzige Kind, der kleine, gerade einjährige Hans, zu dem Zeitpunkt bei einer Tante untergebracht. Die Deutschen sollen das Haus in Brand gesteckt haben, um unbemerkt fliehen zu können oder um einfach so viel wie möglich kaputt zu machen. Im Fall der Laetitia ist ihnen das gelungen. Es ist alles verbrannt, sie selbst mit ihrem ungeborenen Kind, die paar Hühner, die einzige Kuh, alles."

„Was heißt das, einige Einheimische machen ihn verantwortlich: den Vater oder den Sohn, also den jetzt Ermordeten? Und ist das nicht alles Schnee von gestern? Regt das wirklich heute noch jemanden auf? Ist das euer berühmter Denkmalstreit?" Ein bisschen viele Fragen für Serafin Pitriol, der es gewohnt ist, den Ton anzugeben. Doch er bemüht sich redlich.

„Ach, das Denkmal! Gottseidank ist das erledigt. Wir haben es, wie Sie sicher wissen, schon so gut wie abmontiert. Nicht die Dörfler haben das gewollt, aber der Druck aus dem ganzen Land ist zu groß geworden. Das hätten Sie erleben müssen, wer da aller bei mir aufgekreuzt ist. Hätten die keine Navis in den Autos, wären drei Viertel von den Klugscheißern gar nicht bis zu uns gekommen, das garantiere ich Ihnen. Aber bitte! Das ist der Lauf der Welt. Mir ist es egal."

Für Ibele ist das nicht unbedingt ein überzeugender Umgang mit der Vergangenheit, im Moment aber nicht weiter von Belang. Er will Besenböcks Mörder finden, und das ist eine Aufgabe für die Gegenwart. In der kleinen Gesprächspause fällt ihm ein Ereignis aus der Silberberger Dorfchronik ein, das über zweihundert Jahre zurückliegt und den damals stärksten Mann von Silberberg betrifft. Er wurde im Alter von 26 Jahren auf dem Schrunser Markt von drei Gallenkirchnern so brutal zusammengeschlagen, dass er zwei Tage später verstarb. Liegt auch Besenböcks Tod so ein Akt sinnloser Aggression zugrunde? Dann können wir lange suchen, sagt sich Ibele.

„Haben Sie eine Ahnung, Herr Bürgermeister, warum der Besenböck auf den Heilandskogel gezogen ist, wenn doch offensichtlich sein Vater in der Gegend keinen guten Ruf gehabt hat? Hat er Freunde gehabt oder spezielle Feinde?“

„Ja, dass der junge Besenböck ausgerechnet hierher ziehen musste in seiner Pension, ist schon eigenartig. Weil die Breuss-Geschichte noch lebendig ist. Da ist nichts vergessen. Anderes haben sie gern vergessen, meine Pappenheimer, aber mit der Laetitia haben sie wunderbar ablenken können von dem Mist, den die selbst im Krieg gebaut haben. Hauptsächlich von der Sache mit dem Seetaler, dem Nazi-Aufseher in dem Lager, Sie wissen schon, der als Held auf dem Kriegerdenkmal angeführt worden ist. Alles miteinander ein Wahnsinn. Weil man nie reinen Tisch gemacht hat, weil das halt ein bisschen wehtun würd, kommt das Zeug immer wieder zum Vorschein und immer dort, wo es garantiert am wenigsten zu brauchen ist. Mir ist nicht klar, warum der Besenböck hergezogen ist. Sicher, seine Frau kommt aus dem Radonatal, aber er hätte sich auf der ganzen Welt einen Platz aussuchen können. Es war ihm von Anfang an klar, dass er für seinen Vater den Kopf hinhalten muss. Und als Friedensapostel haben wir ihn auch nicht gebraucht bei uns.“

„Wer ist es denn, der die Geschichte nicht vergessen will? Ist es die Breuss-Familie oder sind es die üblichen Verdächtigen, die Ewiggestrigen?“

„Beides. Der Hans ist natürlich für sein Leben gezeichnet. Im 45er Jahr war er ein Baby, nach dem Tod der Mutter ist er bei einer Tante aufgewachsen. Der Vater war vermisst oder gefallen, auf jeden Fall nicht mehr zurückgekommen aus dem Krieg. Für den Hans war alles sehr schwierig, der Stiefvater war furchtbar primitiv und gewalttätig. Trotzdem ist ein braver, stiller Mensch aus dem Kind geworden, aber verbittert bis ins Innerste. Die Totengräberei passt genau zu ihm. Die andere Clique gruppiert sich um den alten Vonderleu und ein paar ähnliche Spinner. Bis jetzt habe ich sie für harmlos gehalten, zumindest nicht für Mörder."

Ibele beschließt, mit Hans Breuss anzufangen. Der hätte nach menschlichem Ermessen ein Motiv für den Mord an Besenböck. Aber was hat Breuss mit Vonderleu zu tun? Darüber kann ihm Pitriol nicht viel erzählen. Höchstens von der Eigenbrötlerei des Totengräbers, der die Schweizer Bauern mit ihrem Vieh und ihrem Geld schon lange lieber weghaben wollte, und dass er sich gern auf die Alpen geflüchtet hat, wenn ihm das Dorf zu eng oder zu feindselig geworden ist.

„Seit Jahrzehnten hat er in seinem Urlaub im Sommer als Knecht auf der Klesenza-Alpe ausgeholfen. Die liegt zwischen Spullersee und der Vonderleu-Alpe Latins. Dort hat er auch seine Frömmigkeit, seinen Glauben einsetzen können. Mit dem Pfarrer oben in St. Bartholomäi hat er nämlich gar kein Auskommen gefunden. Manchmal hab ich den Eindruck, der Hans wäre der bessere Pfarrer gewesen. Sein großes Thema ist die Gerechtigkeit, wobei nicht immer klar ist, wo die Grenze zur banalen Rache liegt. Pfarrer Rüscher seinerseits ist ein rein praktischer Mensch. Der liebe Gott ist für ihn dazu da, den Menschen beim Reichwerden zu helfen. Die Alpe Klesenza und ihre Kapelle, in der zum Patrozinium am 15. August jedes Jahr der Freiburger Erzbischof persönlich eine Messe feiert, ist für Breuss ein heiliger Ort."

Wenn Ibele mehr über Breuss erfahren wolle, könne er sich an Vonderleus Witwe wenden, verkündet Pitriol abschließend kryptisch. Da werde viel gemunkelt. Danke, Herr Bürgermeister, und auf Wiedersehen. Da hat Ibele doch glatt vergessen, sich nach den konkreten Ergebnissen des Jour fixe zu erkundigen, denn dass es so nicht weitergehen kann mit den Jagdmethoden liegt auf der Hand, nicht wahr?

XVII.

Alibi beruht darauf, dass Reflexion auf Sichtbarkeit im rückensicheren Kulturmilieu die Ausnahme ist.

Hans Blumenberg

Mittlerweile ist der Nachmittag weit fortgeschritten, lange Schatten fallen über die Wiesen. Dennoch ist für den Inspektor klar, was als nächstes zu tun ist. Er fährt die wenigen Kilometer hinauf nach St. Bartholomäi und steuert das Haus der Vonderleus an. Zwar geniert er sich ein wenig, heute, am Tag der Beerdigung, dort aufzutauchen, doch vielleicht ist es gerade deshalb günstig. Jedenfalls hat Ibele bei der Ankunft und der Begrüßung durch die Tochter nicht das Gefühl, ungern gesehen zu werden. Außer vielleicht vom Sohn des Hauses, der die Stube beim Eintreten des Inspektors mitsamt der meckernden Mizzi wortlos fluchtartig verlässt. Der alte Johann Fürchtegott krächzt aus dem oberen Stock herab seinen üblichen Blödsinn von Polizei, Aufräumen und Ordnungmachen. Was kann das für eine Clique sein, die sich um den schart? Wirklich eine Mörderclique? Nicht wenig staunt der Kriminalist, als er auf der Ofenbank Hans Breuss erblickt, der ihm seinerseits freundlich zunickt, mit einem Lächeln, das viel Schelmisches hat, etwas sympathisch Verschmitztes und zu Ibeles Erleichterung so gar nichts Mörderisches, auch nichts Totengräberisches mehr. So kann er sich den Umweg sparen, weil der Weg schon das Ziel geworden ist.

Wo er denn gewesen sei in der Nacht von Montag auf Dienstag, fragt Ibele nicht nur der Form halber. Als Breuss dem Inspektor unverzüglich und mit größter Selbstverständlichkeit, weil dem Reinen alles rein ist, ein tadelloses Alibi für beide Mordtermine vorlegt, hat sich der Grund für den Besuch im Trauerhaus eigentlich fast erledigt. Er hat es so kommen sehen. Für den Dienstagmorgen bürgt, so behauptet Breuss glaubwürdig, die Agathangela: Er hat im Pfarrhof übernachtet, wie das ein, zwei Mal im Monat geschieht, wenn er dem Faktotum bis spät in die Nacht hilft, die Kirche zu putzen. Am Mittwoch war er den ganzen Tag in Dornbirn. Dort wohnt seine jüngste Ziehschwester, bei der er jede Woche einkehrt, um jene Segnungen der Zivilisation zu genießen, die in seiner eigenen Hütte fehlen: ein von kundiger und liebevoller Hand zubereitetes schmackhaftes Essen, ein Badezimmer mit heißem Wasser und eine menschliche Ansprache, die über einen kurzen Gruß oder einen spöttischen Kommentar hinaus geht. Dennoch bleibt Ibele noch eine geschlagene Dreiviertelstunde, in der hervorragender Kaffee serviert wird, so stark und heiß, dass alles Espressomaschinengebräu einpacken kann, in der sich ein Gläschen Kirschschnaps ausgeht, und in der vor allem erzählt wird, als wäre das Ganze ein Stubat-Abend wie früher, ein Schäferidyll aus einem Rokoko voller Seligkeit. Und das Ganze in einer Stimmung, die mindestens so aufgeräumt ist wie die vonderleusche Stube mit dem tadellos gebohnerten Holzboden, den schneeweißen Vorhängen und den blitzblanken Fensterscheiben, durch die der Blick des Inspektors auf den stahlblauen Abendhimmel mit den golden und rosa glänzenden Bergen im Süden schweift. Was die Geschichte seiner Mutter betrifft, auf die ihn Ibele auch noch anspricht, scheint Breuss seinen Frieden gefunden zu haben. Trotzdem ist spürbar, wie sie ihm noch immer zusetzt. Und der Besenböck?

„Mit dem habe ich nichts zu tun, obwohl er mein Halbbruder ist."

„Moment mal, Herr Breuss: Haben Sie Halbbruder gesagt?" So wach wie von diesem Halbsatz wäre Ibele nicht einmal vom stärksten Filterkaffee geworden.

„Sie wissen das nicht? Ja, darüber wollen sie nicht reden, die Herrschaften. Als meine Mutter verbrannt ist, war sie nicht mehr schwanger. Zwei oder drei Tage vorher ist der Kai-August auf die Welt gekommen. Den haben sie aber gleich weggebracht. Weil er halt ein Bankert war, noch dazu von einem Deutschen, einem Soldaten! Trotzdem steht niemandem zu, über meine Mutter zu richten. Als er dann hergezogen ist, der Kai-August, war ich ein paar Mal droben am Heilandskogel eingeladen. Aber ich gehör dort nicht hin. Das ist eine andere Welt, und all die Umtriebe, die er im Dorf angefangen hat, das war nichts für mich. Ich will endlich meinen Frieden haben." Der große Mann sinkt in sich zusammen und kämpft sichtbar mit starken Gefühlen. Erst als Walpurga Philomena ihre schöne, ringlose Rechte sanft auf die seine legt, weicht der Druck von Breuss. Als würde eine zentnerschwere Last von ihm abfallen, richtet er sich auf und beginnt zu reden, wovon er jahrzehntelang geschwiegen hat; davon, wie ihm Adolf Gottlieb einst seine Braut weggenommen hat. Eine Geschichte, die Stoff für die schönste antike Tragödie bieten würde.

Vom Kirchturm folgt nach sieben dumpfen Schlägen das Feierabendläuten, dem der Inspektor nur wenig Aufmerksamkeit schenkt. Zu vieles ist offen nach der Begegnung mit dem Totengräber und der Vonderleu-Witwe. Feierabend ist jetzt kein Thema, vielleicht für die beiden in der Stube, nicht aber für Ibele. Ein Anruf informiert das Rösle über die Verspätung. Nein, sie braucht nicht zu warten, bescheinigt Isidor, auch Hunger wird er keinen haben, wenn er nach Hause kommt. Oder höchstens einen solchen, den eine Portion Käse mit einem Glas Most leicht stillen wird, falls nicht eine bedachtsam gerauchte Virginia für die nötige Ruhe und Bettreife sorgt. Offen bleibt für den Inspektor vor allem der Gang in den Pfarrhof, zu Rüscher. Er ist ihm einige Erklärungen schuldig, der geistliche Herr! Ein Anruf beim Journaldienst des Bregenzer Kommandos gilt einem dringenden Haftbefehl für Pfarrer Rüscher wegen Flucht- und Verdunkelungsgefahr. Leicht fällt Ibele der Gang zu Rüscher nicht, doch die aus der Vonderleu-Stube mitgenommene Stimmung ist ihm Antrieb genug.

XVIII.

GEMEINDE: Denn wir können nicht leben, wenn wir ein Verbrechen unter uns dulden.
Friedrich Dürrenmatt, Der Besuch der alten Dame

Noch bevor Ibele an der Pfarrhofschelle zieht, öffnet sich die Tür. Agathangela bittet ihn ohne weitere Fragen ins Haus und geleitet ihn ins ihm schon bekannte Esszimmer, das ohne Pfarrer noch größer, noch sauberer, noch gastlicher wirkt, wie Ibele nicht umhin kommt, festzustellen.

„Der Herr Pfarrer ist nicht da, Inspektor. Wissen Sie es noch nicht? Er liegt im Krankenhaus in Feldkirch, vergiftet ist er worden. Er muss jetzt einmal fest schlafen, der Gute. Er liegt im künstlichen Koma." Sie bekreuzigt sich. „Nur der Herrgott weiß, wie er's übersteht. Meine Güte, ich hab es kommen sehen, dass das nicht gut geht!" Aber Agathangela jammert nicht, sie stellt fest. Im Stil eines Polizeiprotokolls schildert sie Ibele das verunglückte Prüfungsessen und seinen verhängnisvollen Ausgang. „Der Doktor hat gesagt, spätestens in drei Tagen weiß man, auf welche Seite der Herr Pfarrer wandert. Es kann so oder so ausgehen, alles ist möglich. Ja, beim heiligen Benedikt: Ist wirklich alles nur ein Glücksspiel? Passiert ist das Malheur wahrscheinlich nur, weil man den armen Armellini loshaben wollte. Alle Hebel bis hinunter nach Bregenz haben diese Gschaftlhuber in Bewegung gesetzt. Noch gestern hat der Pfarrer eine Stunde mit dem Schulrat telefoniert. Getobt und gewinselt hat er, gedroht und gebettelt. Es schaut so aus, als hätt der Herrgott nicht mehr länger zuschauen wollen. Darf ich Ihnen trotzdem etwas anbieten? Sie haben sicher noch nichts gegessen heute bei all den furchtbaren Sachen. Mein Gott, der Besenböck!" Woher diese unscheinbare Person immer alles weiß, sowohl die Ereignisse im Dorf als auch Ibeles Innenleben und Befindlichkeit betreffend! Ihm wird bewusst, wie wenig er außer Kaffee und Schnaps bei Frau Vonderleu heute zu sich genommen hat. Wenig vor allem im Vergleich zu dem, was er aufnehmen hat müssen! Während Arkadia in der Küche nebenan eilig hin- und hersaust und Teller, Geschirr und Gläser verheißungsvoll klimpern und klirren, hat Ibele Zeit, sich in Ruhe umzuschauen.

„Schauen Sie nur!", ermuntert ihn die Haushälterin durch die offene Tür. Die hat aber auch alles im Blick. „Und jetzt essen Sie", heißt es ein paar Minuten später, als Arkadia ein Tablett hereinträgt und auf den Tisch stellt, auf dem sich reichlich türmt, was Ibeles Herz und Magen sich nur wünschen können. Das ist fürwahr ein so einfacher wie fürstlicher Imbiss: alter Käse aus der Dorfsennerei, der unvermeidliche Sure Kees, der den Tanz wahrlich wert ist, der um ihn veranstaltet wird, geräucherter und gebratener Speck, duftendes Brot und sauer eingelegtes Gemüse. Obwohl ihm angesichts der Erzählung, zu der die Frau nun ansetzt, mancher Bissen beinahe im Hals steckenbleibt, isst Ibele mit gesundem Appetit. Aber so gründlich gekaut wie diesmal hat er schon lange nicht mehr. Das liegt an dem, was Agathangela abseits des Kulinarischen aufzutischen hat. Gut, dass Ibele bei Vonderleus den Basis-Sachverhalt bereits erfahren hat.

Der ermordete Besenböck, so berichtet sie in größter Unbefangenheit, war das Kind der Laetitia Breuss und des SS-Offiziers Gustav Besenböck, mithin der Halbbruder des Totengräbers. So weit war Ibele schon gekommen. Laetitia wurde an jenem verhängnisvollen

Tag Anfang Mai des Jahres 1945, als die abziehenden Deutschen das Dorf räumten, von den Dorfbewohnern im Haus eingesperrt, das dann nicht von den Soldaten, sondern von den eigenen Leuten in Brand gesteckt worden ist. Wenige Tage vorher hatte sie ihr zweites Kind, den Kai-August, zur Welt gebracht. Wenige, aber leider doch zu viele im Dorf wussten, wer sein Vater war. Das Kind haben die Barbaren fast auf gut Glück zu seinen Großeltern väterlicherseits ins Rheinland gebracht.

„Entstanden ist der arme Tropf", die fromme Frau bekreuzigt sich in Richtung des Herrgottswinkels, „anlässlich einer ersten Stationierung seines Vaters in Bregenz im Jahr zuvor." Stille. Betet sie jetzt oder ist der Bericht zu Ende? Nein, Arkadia Brenner geht in die Küche und kommt mit einer Kanne Kaffee, Weißbrot, Honig und Marmelade zurück. Wieder staunt der Inspektor: Es ist Marmelade aus schwarzem Holunder, sein sentimentaler und geschmacklicher Favorit unter den Marmeladen, noch dazu nicht einfach Marmelade, sondern Latwerge, in der Familie seiner Frau als Leckmerich bekannt. So bestreicht er nach Arkadias Aufforderung, doch zuzugreifen, eine Scheibe Brot dick mit der gelben Butter und noch dicker mit dem Mus. Das ist ein Leckerbissen! Seine Gastgeberin und Informantin füllt eine Goldrand-Tasse mit heißem Kaffee und stellt sie vor den Inspektor.

„Was, glauben Sie, hat das alles mit dem Tod von Vonderleu und Besenböck zu tun, Frau Brenner?", fragt Ibele noch vor dem ersten Biss ins Brot. Danach hat er vor lauter Entzücken Mühe, den Worten der Frau zu folgen.

„Das ist leider schnell erzählt", hebt sie an und braucht dann doch etwas länger. Drei Holundermarmeladebrote und drei weitere Tassen Kaffee lang, um genau zu sein. Die Spatzen pfeifen es von den Dächern, außerdem hat Arkadia von einer vor Jahrzehnten verstorbenen Schwägerin, die über drei Ecken mit der Breuss-Sippe verwandt war, das meiste aus erster Hand erfahren. Verantwortlich für Laetitia Breuss' Tod ist die Familie ihres Mannes, der, wie das so gerne verharmlosend formuliert wird, im Krieg geblieben ist, in Ostpreußen, als einer der letzten von über zwanzig Männern aus dem Dorf. Seine bigotte Mutter und ein nicht eingerückter halbdebiler Bruder, den die Familie mit undurchsichtigen Manövern und unter großer Gefahr vor der Verschickung nach Hartheim gerettet hat, waren rädelsführerisch tätig, dazu ein paar Gesinnungsgenossen und Genossinnen aus dem Kreis der Betschwestern und Kameradschaftsbündler. Sehr schnell ist diese Tätergemeinschaft nach dem Krieg auseinandergebrochen, als es um die Verteilung des breussschen Besitzes ging. So kärglich konnte der gar nicht sein, dass nicht erbittert gestritten worden wäre und sich Feindschaften ergeben hätten, gegen die selbst die Capulets und die Montagues die reinen Friedenstauben waren. „Sie wissen schon, Romeo und Julia auf dem Lande: Da fliegen die Fetzen!" Leider, das kennt man! Hier musste allerdings nicht nur ein junges Liebespaar dran glauben. Als dann nämlich der junge Besenböck in den späten 1960er- und den 1970er Jahren immer wieder ins Tal kam und bald darauf eine Hiesige geheiratet hat, war erst recht Feuer am Dach. „Nicht weil er, wie ihm manche vorwerfen wollten, einen Keil zwischen wen auch immer treiben wollte. Vielmehr, so kommt es mir vor, hat er die vorhandenen Keile nach und nach herausgezogen mit seinem Geld. So hat er dann ungleich mehr Unfrieden und Neid geschaffen und sich wahrscheinlich sein eigenes Grab geschaufelt.

Lauter Totengräber, die Breuss-Buben!“ Später kaufte Besenböck das Haus am Heilandskogel und lebte dort seit zehn Jahren fast das ganze Jahr über. „Großzügig ist er immer gewesen, sehr großzügig, das muss man sagen. Aber irgendwie ist es mir immer so vorgekommen, als ob er sich jemanden im Dorf kaufen wollte. Jemanden, der als sein verlängerter Arm in einem geheimen Plan agieren sollte.“ Darüber, wer das sein könnte, will Agathangela nicht spekulieren. Als Wolf im Schafspelz, als Racheengel sei er ihr erschienen.

Wie sie zu all den Geschichten komme, fragt Ibele, eine letzte Holunderbeere zwischen den Zähnen zerkauend.

„Schau, Inspektor: Hier im Pfarrhaus laufen viele Fäden zusammen und der Pfarrer redet gern, besonders beim Essen. Außerdem lese ich für mein Leben gern Romane, richtige, große Romane. Da lernst du, wie die Welt funktioniert, wie die Menschen ticken. Der Pfarrer und ich sind seit unglaublichen 37 Jahren ein Gespann, der Esel und sein Karren. Richtig auskennen tut sich aber in dem Tohuwabohu mit den Dörflern niemand mehr. Am ehesten noch der Lehrer Loretz.“ Von der gewöhnungsbedürftigen Wanduhr erklingen drei Schläge. „Oh, Viertel vor acht, ich muss in die Kirche, Herr Inspektor, die Totenwache für die Frau Bickeler fängt um sieben an.“

„Aha, die Kriegswitwe. Gibt es da vielleicht sogar militärische Ehren?“, gibt sich Ibele informiert.

„Heute nicht, aber morgen bei der Beerdigung, da rückt der Kameradschaftsbund aus samt Schützenkompanie, der Landeshauptmann kommt auch.“ Gebenedeit sei die Zeit vor der Wahl, denkt sich Ibele, da sind diese Herrschaften doch überall zur Stelle, wo eine Haltestelle eröffnet wird oder eine Kindergartenrutschbahn einzuweihen ist, und glauben, das beeindrucke oder freue jemanden. Um die Brennerin nicht von ihrer Arbeit abzuhalten, verabschiedet sich Ibele zügig. Auch wenn ein voller Bauch nicht gern denkt, läuft sein Gedankenwerk wie von selbst, als er durch die Pfarrhoftür in die Dunkelheit hinaustritt. Es ist nicht nur der viele Kaffee, der ihn hellwach macht. Um den Mond hat sich ein milchiger Hof gebildet, von Nordwesten her schieben sich noch dazu rasch ziehende Wolkenfetzen vor die zunehmende Scheibe. Das schaut nach einem Wetterumschwung aus. Irgendwie kommt Ibele diese Sache mit dem Eindringling, der sich zur Tilgung einer alten Schuld ein ganzes Dorf kaufen möchte, bekannt vor. Nur die Vorzeichen scheinen umgedreht worden zu sein. Eine Tragödie ist es allemal.

XIX.

Wovon er betroffen ist, ist das Maß
der Sichtbarkeit, die in dieser Landschaft
dem Menschen auferlegt ist.
Hans Blumenberg

Genügt es auch hier, Historiker zu sein, um die Gegenwart zu verstehen? Dunkel erinnert sich Ibele an einen schon ewige Zeiten zurückliegenden Fall aus den Anfängen seiner Kriminalistenlaufbahn, der sich im Brunnenthal ereignet hat. Ende der 70er Jahre muss es gewesen sein. Ein außergewöhnlich brutaler und sinnloser Mord. Das Opfer war ein unbescholtener, bis auf seine allgemeine Beliebtheit unauffälliger junger Mann. Ibele versucht, den Lehrer angesichts der fortgeschrittenen Zeit mit möglichst präzisen Fragen zu lenken und erzählt im Telegrammstil, was er bei Pitriol, bei Vonderleus und im Pfarrhof an Vorwissen gesammelt hat. Kann der Lehrer Loretz weiterhelfen? Vorab schaut es nicht so aus, obwohl der Schulmann, seit Jahren im Ruhestand, den Inspektor sehr zuvorkommend empfängt und sich ohne weitere Umstände als Benedikt vorstellt, als hätte er bereits mit dem Besuch gerechnet.

„Wenn es um Streitereien geht, landen alle bei mir. Und wann geht es bei uns um etwas anderes?" Sie nehmen in der Studierstube Platz: ein großer Schreibtisch, überladen mit Heften, Mappen und Zeitungen, in einem Zinnbecher ein Fächer akribisch gespitzter Bleistifte, an den Wänden Bücherregale bis an die niedrige Decke, zum Großteil offenkundig in schwarzes Leinen gebundene Zeitschriften. Einen solchen großformatigen Band zieht Loretz jetzt heraus und öffnet ihn.

„So hat alles angefangen, wenn du mich fragst: Jeder vernadert jeden, keiner gönnt dem andern etwas, alle fühlen sich benachteiligt und übergangen!"

Ibele liest: „Zeugschaft des Thomas Martin und der Ursula Burtscherin, dass die Lena Bicklin gesagt habe, des Thomas Martins Weib sei eine Hexe und Unholdin." 1646 steht als Jahreszahl neben dem Aktenvermerk aus dem Bludenzer Stadtarchiv. Loretz blättert scheinbar willkürlich ein paar Seiten weiter und weist den Inspektor auf einen kleinen Eintrag aus dem Jahr 1778 hin: „Erbstreit zwischen Baptist Schober und den anderen Erben nach Adelbert Martin sel., Vandans."

„1778, merk dir das Jahr, Isidor. So geht das hier quer durch die Jahrhunderte. Nie ist etwas vergessen, nie etwas in Ordnung gebracht worden. Alles wird immer aufgerechnet, bis dann wieder einer die Geduld verliert und abrechnet und scheinbar aus dem Nichts heraus zuschlägt. Schau nur", er legt den Finger auf eine andere Stelle des Folianten wie in eine Wunde: „Auf Verlangen des Anton Galehr von St. Bartholomäi pfändet der Ratsdiener der Stadt Bludenz bei Johann Andreas Manahl daselbst Vieh und Hof. (1806)" Beim bloßen Durchblättern sieht Ibele mit zunehmender Beklemmung, wie sich Pfändungs- und Schuldensachen über viele Dutzend Seiten hinweg erstrecken. Ein dichtes Netz gegenseitiger Abhängigkeit und wahrscheinlich auch Feindseligkeit ist gesponnen. Und irgendwo mittendrin sitzt eine fette Spinne. Man mag sich gar nicht vorstellen, was an konkreten menschlichen Schicksalen, an Verzweiflung und Wut dahintersteckt. Noch weniger darf man sich darüber wundern, was an Aggression und Gewalt daraus hervorgeht!

„Gegen diese Streitsucht und Prinzipienreiterei gefeit ist übrigens niemand, nicht einmal die Geistlichkeit“, vermeldet Loretz mit dem Hinweis auf eine andere Stelle in dem Buch: „Gebhard Andergassen, Pfarrer in Silberberg, verweigert die Verkündigung der Ehe des Anselm Konzett, Adlerwirtssohn, und der Dolores Katharina Helbock von Schwarzenberg. (1843)“

„Neid, Missgunst und Gehässigkeit sind ein Fass ohne Boden, ein Fluss ohne Ufer, wenn du so willst, aber das bringt dir im Moment wenig, oder? Ich müsste mich schon schwer täuschen, wenn hinter den beiden jüngsten Morden nicht ein und derselbe Täter steht.“

„Was spricht denn dafür, deiner Ansicht nach?“

„Zum einen die Waffe und die Brutalität. Zwar schießt momentan fast jeder kreuz und quer durch die Gegend, auf die armen Rehe und Hirsche. Doch um auf Menschen zu schießen braucht es mehr. Es ist auch ein großer Unterschied, ob man bei Nacht und Nebel Grenzsteine versetzt oder wegen einem kindischen Blödsinn vors Bezirksgericht zieht, oder ob man kaltblütig jemanden abknallt. Noch mehr zählt aber in meinen Augen Besenböcks und Vonderleus gemeinsame Geschichte, ihr gemeinsamer Feind, um es offen zu sagen. Darf ich dir übrigens etwas anbieten: Most, Wein, Kaffee, Schnaps?“

„Wasser vielleicht, und vor allem red weiter, Benedikt, bevor noch ein drittes Unglück geschieht da draußen!“

„Daran glaube ich nicht. Es ist genug jetzt. Der Mörder hat, was er wollte. Ich kann mir nur nicht vorstellen, was er damit anfängt.“ Loretz erhebt sich von seinem Sessel und schlurft Richtung Küche. Der hat Nerven! Sobald er mit einer Karaffe Wasser und zwei Gläsern zurückkehrt, bedrängt ihn Ibele.

„So red doch, Benedikt, ich bitt dich! Was weißt du über die zwei Toten?“

„Langsam, Inspektor, trink einen Schluck, was ich dir erzählen kann, dauert ein wenig. Lass mich im Jahr 1778 beginnen." Heftig prustend setzt Ibele sein Wasserglas ab.

„1778? Muss das sein?"

„Ja, das muss sein. Wie sollen wir die Gegenwart verstehen, wenn wir das Vergangene nicht kennen?" Ein Oberlehrerzeigefinger wedelt dem Inspektor vor der Nase herum. „Damals, im Jahr 1778, ist der aus Silberberg stammende Dominikus Schwarzhals irgendwo auf dem indischen Subkontinent als Fürst Sumro in den Armen seiner jungen Frau, der Begum von Sarhana, gestorben. Das war noch ein Auswanderer! Keiner, der in die Fremde gezogen ist, um Krautköpfe zu hobeln oder Pfannen zu flicken. Der Schwarzhals hat sich als jüngstes von neun Kindern einer Kleinhäuslerfamilie zum Maharadscha hochgedient! Unbeschreiblich reich soll er gewesen sein und ein Bild von einem Mann. Der Dingsda von Arabien ist nichts dagegen! Bis lange nach dem Krieg haben seine Nachfahren um die unermessliche Hinterlassenschaft von 55 Millionen Pfund gekämpft, zumindest geträumt haben sie davon. Völlig sinnlos natürlich, weil von der ganzen Sarhana-Sippe nach der Kolonialzeit und der englischen Herrschaft nichts mehr übrig war. Außerdem ist die Schar der potenziellen Erben, also der Verwandten des Dominikus Schwarzhals, dermaßen weit verzweigt und mittlerweile über den halben Erdball verstreut, dass für keinen etwas Zählbares zu holen ist, nicht einmal für die Anwälte, und das heißt was, nicht wahr? Heute gibt es nur noch einen, der es partout nicht glauben will, einer der letzten Schwarzhälse im Tal. Er war deshalb sogar schon drei Mal in Indien, was natürlich völlig absurd ist. Außer einer wilden Gelbsucht, einer kaputten Leber und einem zerschossenen Fuß von der Tigerjagd hat er nie etwas mitgebracht. Ein armer Irrer, der Franz. Dem traue ich die Morde zu."

Franz? Wieder ist Ibele hellwach.

„Was ist das für ein Franz? Hätte er denn einen Grund gehabt, auf die beiden loszugehen?"

„Franz Schwarzhals aus dem Radonatal drüben. Ein Gescheiterter. Und was heißt Grund? Wenn schon das Herz Gründe hat, die der Verstand nicht kennt, wie es so schön heißt bei den Philosophen, dann gilt das umgekehrt noch viel mehr, das sage ich dir! Vor allem, wenn nicht viel Verstand da ist. Ich bin mir nicht sicher, ob der für so etwas überhaupt einen Grund braucht. Fast genau zweihundert Jahre nach dem Tod des Fürsten Sumro alias Schwarzhals hat es hier im Dorf ein furchtbares Verbrechen gegeben. Auch der Nachfahre des Maharadschas hat seine böse Hand im noch böseren Spiel gehabt. Keine 20 Jahre alt ist er gewesen – da hat er in einem Ausbruch sinnloser mörderischer Gewalt sein Leben verpfuscht! Zwar hat er schwer gebüßt für die Untat, doch losgeworden ist er sie nicht mehr."

Loretz steht wieder auf, er scheint sowieso ein rastloser Mensch zu sein, und zieht einen weiteren Folianten aus dem Regal. Er enthält gebundene, vergilbte Exemplare einer Tageszeitung. Auf der vom Lehrer aufgeschlagenen Seite mit einem Bericht aus dem Vorarlbergboten liest Ibele Unglaubliches über einen Mord an einem willkürlich ausgewählten Opfer. Richtig, erinnert sich Ibele, das ist dieser ominöse Fall gewesen vor beinahe vierzig Jahren. Fast glaubt er sich an die Zeitungsseite zu erinnern, das große Foto des Getöteten und das Bild vom Schauplatz der Tat, einem schwer zugänglichen Waldstück an der Frutz. Damals war die Zeitung weit und breit das einzige Medium, das mit seinen noch lange schwarz-weißen Bildern manchmal ein kleines, umso beeindruckenderes Fenster in die Welt hinaus geöffnet hat. Lange genug haben Zeitungsfotos des Weltfußballers Pelé, von Eddy Merckx im Molteni-Trikot, Karl Schranz mit Kneissl-Stern auf dem Helm oder der einen oder andern Sportlerinnenschönheit Ibeles Schulhefte und Bubenzimmerwände geschmückt! Selbst der einiges gewohnte Chefinspektor mag sich angesichts dieses Berichts jedoch nicht vorstellen, was in solchen Mörderköpfen vorgeht, erst recht nicht in dem des malträtierten und unbarmherzig getöteten Unschuldigen. In tiefes Grübeln versunken wendet er sich dem weitererzählenden Loretz zu.

„Zurück zur Sache: Die Laetitia Breuss war eine Großtante mütterlicherseits des Franz Schwarzhals. Der Franz hat den Besenböck irgendwann nicht mehr leiden mögen. Etwas ist vorgefallen zwischen ihnen, aber was genau, kann ich dir beim besten Willen nicht sagen. Es könnte um Besenböcks Vater gegangen sein oder auch um das alte Silberbergwerk. Dort waren sie eine Zeitlang gemeinsam im Knappenverein, bis von heute auf morgen ein unversöhnlicher Zwist ausgebrochen ist. Als hätte einer von den beiden einen Sack voll Silber gefunden und nicht teilen wollen. Nur weil der Schwarzhals um sieben Ecken mit Besenböcks Frau Annemarie verwandt ist, herrschte Burgfrieden zwischen ihnen, aber ein mehr als brüchiger. Von beiden Seiten hat es Anzeigen wegen Hausfriedensbruch, Ruhestörung, Rufschädigung, Ehrenbeleidigung und dergleichen gehagelt. Gäbe es kein Bezirksgericht mehr in Schruns, die beiden hätten gleich eine Jahreskarte für die Fahrt nach Bludenz lösen können. Und noch etwas: Der Franz ist als einziges von sechs Geschwistern ledig geblieben, nachdem die fünf anderen in einem Aufwaschen drüben in Tschaggals in einer fünffachen Familienhochzeit geheiratet haben. Steht alles in der Dorfchronik, wenn du nachlesen willst. Obwohl der Franz damals noch zu jung zum Heiraten gewesen ist, hat er den Geschwistern nie verziehen, dass sie nicht auf ihn gewartet haben, und sein Lebtag bis heute mit keinem mehr ein Wort geredet. So ticken die Schwarzhälse."

„Und der Bauer, der Vonderleu, was hat der mit dem verhinderten Maharadscha zu tun?" Für Ibele wird es Zeit, zur Sache zu kommen.

„Das ist schwer zu sagen, auf den ersten Blick wenigstens. Den Franz hab ich noch als Schüler, als miserablen Schüler kennengelernt, nicht dumm, aber verstockt und ein Rohling und Tierquäler. Er ist in jeder Hinsicht auf der Schattenseite aufgewachsen. Am liebsten hat er den Zügen der Arlbergbahn nachgeschaut. Drei, vier Mal war er tagelang verschollen, weil er auf Güterzüge aufgesprungen ist. Einmal ist er sogar bis nach Genua mitgefahren, bevor man ihn halb verhungert in einer Spelunke am Hafen aufgegriffen hat. Alle seine Aufsätze haben von Zugfahrten oder Schiffsreisen gehandelt, von fernen Ländern und unermesslichen Schätzen, schon in der Volksschule. Am ehesten, was natürlich eine heiße Geschichte ist, am ehesten sind sich die beiden über die Jägerei in die Quere gekommen: der Wildschütz und der Jagdaufseher. Der Schwarzhals ist ein amtsbekannter Strolch, der im Gegensatz zu den offiziellen Jägern seinen Abschussplan immer verlässlich erfüllt hat. Nicht nur in Indien."

Wie sollte Ibele nicht wissen, was jetzt zu tun ist? Schwarz und kalt ist die Nacht, in der er die notwendigen ersten Schritte zu Schwarzhalsens Festnahme veranlasst.

XX.
Fünfter Tag. Samstag, 18. April 2015

Das Leben besteht aus Marmor und aus Dreck.
Nathaniel Hawthorne

Die Jagd auf den Radonataler hat voll eingesetzt. Vier Stunden Schlaf im trauten Heim sind sich ausgegangen für den Inspektor, aber auch nur, weil der Verdächtige seit Freitagmorgen wie vom Erdboden verschluckt und weil die Suche wegen des sintflutartigen Regens, der bald nach Mitternacht eingesetzt hat, abgebrochen worden ist. Es schaut auch nicht so aus, als sei mit einer baldigen Wetterbesserung zu rechnen, morgen vielleicht, frühestens. So konzentrieren Ibele und Baldreich sich vorerst auf jene Arbeit, die sie vom Kommando aus erledigen können. Sie studieren ausgiebig die umfangreichen Schwarzhalsakten, die der Journaldienst bereits herübergebracht hat. Eine lange Gefängnisstrafe wegen Totschlags, gegen Ende der 80er Jahre bis auf den letzten Tag abgesessen. Seitdem nichts Gröberes, nur in unschöner Regelmäßigkeit Schlägereien und Drohungen, eine lange Liste auf Bewährung offener Strafen, man scheint es gut gemeint zu haben mit dem Kerl. Nur: Wenn er das mit Vonderleu und Besenböck wirklich war, ist er so oder so für den Rest seines Lebens bedient, ganz egal, welchen Grad von Zurechnungsfähigkeit ihm der Gerichtspsychiater attestiert. Nicht einmal die schwerste aller schweren Kindheiten rettet den davor, zur Rechenschaft gezogen zu werden.

Die Behausung des Verdächtigen, ein entlegener und heruntergekommener 60er-Jahre-Bungalow, in den ihn seine Geschwister nach der Haftentlassung abgeschoben haben, wird seit Stunden Millimeter für

Millimeter überprüft. Noch in der Nacht sind Schweißtrupps angefordert worden, um die Kellertüren zu öffnen. Ein Alibi für den Mann zeichnet sich noch nicht ab. Da er allein wohnt und zu fast niemandem halbwegs regelmäßigen Kontakt hält, muss das noch nicht viel bedeuten. Aus den Vernehmungen und Erkundigungen, die frühmorgens von den ortsansässigen Kollegen durchgeführt worden sind, lässt sich der Schluss ziehen, dass sich Schwarzhals zur Tatzeit am Dienstag im Brunnenthal aufgehalten haben könnte. Gesehen hat ihn dort niemand, auf seiner Seite, im Radonatal, aber auch nicht, wenigstens nicht an seinem bevorzugten Aufenthaltsort, einem schlecht beleumundeten Wirtshaus am Eingang zum Valiferatobel. Erst am Donnerstag ist er dort wieder aufgetaucht, verdreckt, übernächtig, besoffen. Seit den Morgenstunden suchen die Spurenleute nach möglichen Indizien für seinen Aufenthalt an den Schauplätzen, auch in Besenböcks Haus.

Nein, signalisiert Ibele seinem Rösle telefonisch und natürlich mit großem Bedauern bald nach dem Eintreffen im Kommando und einem ersten gründlichen Blick auf die Lagekarte, nein: Aus dem Mittagessen wird nichts. Sie muss die für heute eingeladenen Hutterer, die redselige Mathilde und ihren quasi stummen Gatten, entweder allein bewirten oder, noch besser: absagen. Dem Cassoulet wird es nicht schaden, noch ein paar Stunden zu schmoren oder eine weitere Nacht im kühlen Keller durchzuziehen. Für Oswald, den Cabriofahrer, ist das heute eh kein Wetter, soll er seinen Jaguar lieber in der Garage lassen. Mathilde, Rösles alte

Busenfreundin, kommt bei Sonnenschein auch besser zur Geltung, wenngleich ihr unentwegtes Geplapper im Nebel den geeigneten Resonanzkörper fände. Für morgen kann er im Augenblick genauso wenig garantieren. Es schaut nicht so aus, als wäre der Fall leicht und schnell abzuschließen. Man hat einen ausgesprochen zähen Fisch an der Angel, nein, noch nicht einmal an der Angel! Außerdem hat der jetzt bestimmt Lunte gerochen, denn beim besten Willen sind die Aktivitäten der Kollegen nicht geheim zu halten. Vielleicht ist es besser so. Die Nervosität wird ihn am ehesten zur Strecke bringen. Schade, dass man über den steilen, bewaldeten Berghängen zwischen den beiden Tälern keine Hubschrauber herumkurven lassen kann. Trotzdem muss der Flüchtige spüren, wie eng es für ihn wird.

„Täusch dich nicht", warnt der vor der großen Landkarte stehende Baldreich seinen Chef, „da gibt es tausend Schlupfwinkel. Wer sagt uns, dass er nicht nach Süden zu abgehauen ist, in die Schweiz, auf den alten Schmugglerpfaden hinüber nach Graubünden, ins Prättigau. Dort hält ihn heut niemand mehr auf. Oder dem Lechtal zu, ins Tirolerische hinunter, grad wie die kranken Hirsche. Er muss nur da hinauf kraxeln", Baldreich fährt mit großzügigen Bewegungen über Berg und Tal, „zum Spullersee weiterfußeln – und weg ist er, falls er nicht ersäuft in dem kalten Gewässer", erklärt er mit Kennermiene, wohl wissend, dass der von ihm beschriebene Weg bei der derzeitigen Schnee- und Wetterlage nur schwer zu bewältigen ist.

Obwohl: „Wenn einer wirklich will und muss? Einem, der so abgerechnet hat wie mit Vonderleu und Besenböck, darf man einiges zutrauen", gibt Ibele zu bedenken. Das Telefon auf seinem Schreibtisch klingelt. Am Samstagvormittag kommen nicht viele Anrufer in

Frage. Der Oberst vielleicht? Nein, der sitzt nebenan und erfüllt seine Pflicht. Worin die besteht? Wenn das nur so einfach zu sagen wäre.

„Heliodor, du bist das! Was gibt es Neues im finsteren Tal?“ Offenbar einiges von Bedeutung, denn Ibele setzt sich auf seinen Schreibtischstuhl und hört konzentriert zu, ohne den Redefluss des Kollegen zu unterbrechen. Dann legt er dankend auf und wendet sich Baldreich zu.

„Komm, Karl, wir machen einen Ausflug ins Gruselkabinett! Heliodors Männer haben in Schwarzhals' Keller ein ganzes Arsenal von Waffen gefunden, außerdem ein Archiv der besonderen Art. Ich melde uns beim Oberst ab, dann sind wir weg!“

Kurz nach halb elf stehen Ibele und Baldreich vor der Behausung des Verdächtigen. Eng ist es hier im Tal, verflucht eng, und steil und waldig geht es beiderseits in die Höhe, in die Wolken hinein. Im Winter verirrt sich wahrscheinlich monatelang kein Sonnenstrahl über die Berge hierher. Dass der höchste von ihnen ausgerechnet Sonnenspitz heißt, ist sicher kein Trost. Wo viel Schatten ist, ist nicht unbedingt viel Licht. Das Haus ist verwahrlost, überall fehlt es an Farbe, die Fliesen sind gesprungen und gesplittert, die Fensterscheiben blind, Türgriffe fehlen, die Teppiche sind zerschlissen. Im Keller hingegen, der durch schwere Eisentüren zu betreten ist, herrscht penibelste Ordnung. Hier funkelt und blitzen nicht nur Heckenschere und Spaten, auch Jagdgewehre stehen in Reih und Glied an der Wand. Ein weiterer fensterloser Raum ist mit Jagdtrophäen und präpariertem Getier überfüllt. In einem dritten

Raum schließlich steht ein mannshohes Metallregal, mit schwarzen Aktenordnern von unten bis oben vollgestellt, die Rücken fein säuberlich mit Datumsangaben beschriftet. Heliodor Sonnbichler zieht einen heraus, „13. Feb. 1973–23. März 1980“, und schlägt ihn auf. Darin sind auf weiße Blätter geklebte Zeitungsausschnitte über Strafprozesse, Verbrechen und Unfälle aus aller Welt. Wie ein lückenloses Protokoll des Schreckens liest sich die Sammlung. Hier war ein echter Experte der abgründigen Seelen am Werk.

„Das geht so von den ersten Nachkriegsjahren bis in die Gegenwart. Da hat sich einer gründlich mit dem Bösen beschäftigt“, folgert der Spurensicherer. „Was wir noch gefunden haben, könnte dich allerdings mehr interessieren. Komm mit!“ Über eine grau gekachelte Treppe geht es nach oben in die Küche mit dem angrenzenden Esszimmer. Keinen Bissen möchte man hier zu sich nehmen. Das liegt am unappetitlichen Mobiliar, einem wackligen Tisch mit schmutzstarrendem Wachstischtuch und drei Holzsesseln, und vor allem am Gestank, der vom Kühlschrank ausgeht. Auch scheint Schwarzhals eher dem Flüssigen zugesprochen zu haben, wie eine Armada leerer Bierflaschen und an den Wänden gestapelte Kisten mit vollen nahelegen. Was Heliodor dem Inspektor vorlegt, ist ein Schulheft, eselsohrig, fettfleckig, mit eingerissenen Rändern. *Schwarzhals Franz Todesanzeigen* steht in krakeligen Buchstaben auf dem Umschlag. Das Album enthält wiederum eingeklebte Zeitungsausschnitte, chronologisch angeordnete Todesanzeigen aus dem Vorarlbergboten. Auf der Umschlaginnenseite prangt der vergilbte Partezettel der Laetitia Breuss, geboren 1919, gestorben 1945. Soweit das auf die Schnelle erkennbar ist, handelt es sich durchgehend um Bewohner der beiden parallel verlaufenden Täler; auch die in vielen Fällen gleich lautenden Familiennamen lassen auf ein bestimmtes Interesse, auf eine Selektion oder einfach auf ein reichlich perverses Interesse des obskuren Sammlers schließen: Burtscher, Thöny, Vonier, Pfefferkorn, Vallaster. Todesanzeigen! Nach Fahrplan und Telefonbuch die wahrscheinlich unerschöpflichste und unterschätzteste Gattung der Dichtkunst! Ihre Poetik gälte es zu erforschen, wenn es denn noch darum ginge, vermittels der Literatur und der Kraft der Sprache etwas zu erfahren über das Tun und Treiben der Menschen! Vielleicht mehr als anhand langer gelehrter Abhandlungen über das richtige oder falsche Leben oder das Richtige im Falschen oder was auch immer! Die bislang letzte Seite des zu drei Vierteln gefüllten Heftes gehört Adolf Gottlieb Vonderleu. Auf der Seite daneben steht auf der oberen Hälfte in ungelenker Schrift mit dicken Bleistiftstrichen eingerahmt Kai-August Besenböcks Name mitsamt einem Kreuz. Die untere Hälfte gehört Annemarie Besenböck, fast schon logisch. Nicht logisch ist aber die folgende Seite: Wiederum in derselben Schrift ist dort zu lesen: F. Schwarzhals. Und auch ein Kreuz. Welcher Kreis schließt sich hier? Nur der Chronist kennt die Antwort.

„Wo ist eigentlich Besenböcks Frau? Die ist doch informiert, oder?“, fragt Ibele.

„Ja, natürlich, Chef. Sie ist auf dem Weg von Mallorca nach Hause, sollte im Lauf des Nachmittags ankommen“, informiert Baldreich.

„Dann schau bitte dazu, dass sie am Flugplatz abgeholt und direkt zu mir gebracht wird. Nicht dass sie dem Irren auch noch in die Hände fällt!“, gibt Ibele an Baldreich zurück.

„Und wie ... ach, vergiss es!“, meint der und verlässt kopfschüttelnd und erleichtert zugleich das Haus. Nirgends ist es so deprimierend wie in diesem von Niedergang und Niedertracht gezeichneten Gebäude, nicht einmal im nebelverhangenen Tal, dessen steile Hänge kaum Platz für die Straße, die Bahnlinie, den Fluss und ein paar verlorene Weiler lassen.

XXI.
Vom guten Leben auf dem Lande

Auf der Rückfahrt wird zu Mittag ein Zwischenstopp fällig. Es ist mehr als angebracht, in Ruhe zu resümieren, innezuhalten. Dafür bietet sich nebst seinen kulinarischen Versprechungen das Brazer Rössle an. Vom Turm der kleinen Pfarrkirche des beschaulichen Dorfes erklingen soeben die Mittagsglocken, die Feuerwehrsirene heult. Auch, weil es in all dem Desaster um Schwarzhals und die Brunnenthaler Querelen guttut, mehr als 250 Jahre solide und geglückte Geschichte zu erleben, plädiert Ibele für eine Einkehr in den Gasthof. Ein Tischchen am warmen Kachelofen ist frei. Aus naheliegenden Gründen steht ihm der Sinn nicht recht nach Wildbret, so ordert Ibele als alter Bouillabaisse-Fan die vielversprechende Rössle-Fischsuppe. Trotz seiner hohen Erwartungen wird er nicht enttäuscht, ganz im Gegenteil! Es hat doch etwas Gutes, wenn Köche und Gastronomen oder wenn überhaupt jemand über den Tellerrand und den Talkessel hinausschaut und sich umsieht, was in der Welt gang und gäbe, was gefragt und möglich ist abseits der heimischen inzüchtlerischen Eigenbrötlerei. Einen Horizont zu haben ist unleugbar etwas anderes als nur eine Umwelt zu haben, in der man sich im Kreis dreht. Eine Umwelt, raunt es im Inspektor, eine Umwelt hat schließlich jeder Maulwurf, jeder Blindgänger, einen Horizont aber nur der Aufrechte, der Weit- und Umsichtige. Genug philosophiert. Obwohl es sich wunderbar mit dem Essen verträgt.

„Zwei Espressi, Fräulein, und die Rechnung bitte!" So dezent wie höflich geht es hier zu. Vom Wirt, der die Ruhe in Person und ein wahrhaft gestandenes Mannsbild von beeindruckender Statur ist, bis zur gertenschlanken, blitzsauberen Serviertochter läuft alles wie am Schnürchen. Siehst du, Mizzi, es geht auch ohne einfältiges Gelächter, und vor allem ohne üble Scoville-Orgien!

Nach diesem Ausflug auf die Sonnenseite des Lebens an Leib und Seele gestärkt, treten Ibele und Baldreich die Heimfahrt an. Rechts oben kommt der Brazer Bahnhof mit seiner unvergänglichen k.u.k. Architektur ins Blickfeld der talauswärts Fahrenden. Kennt Baldreich den Witz vom Brazer, der nach Peking reisen will? Nein?

„Also, ein Brazer Bäuerlein will mit der Bahn nach Peking reisen und erkundigt sich am Bahnhof, wie ... Herrgottzack, Baldreich, pass auf, ein Huhn!“ Nicht weit vor Bludenz, in einem Weiler namens Bings, läuft wild flatternd und gackernd ein Huhn über die Straße. Fast wäre es vom rechten Vorderrad geplättet worden, Chicken Bings sozusagen. Nur eine Vollbremsung verhindert das Missgeschick. Glück braucht das Huhn. „Also, am Bahnhof in Braz meint der Stationsvorsteher, der Bauer solle vorerst eine Karte bis ins nahe Bludenz lösen, dort werde man dann weiterwissen. ...“ Das Telefon unterbricht die etwas langwierige Geschichte, die ob der Neuigkeiten fürs Erste in Vergessenheit gerät. Besenböcks Frau ist aus Mallorca zurück und wird in knapp zwei Stunden in Feldkirch eintreffen. Dann soll Baldreich ins Kommando fahren und sich dort nützlich machen, Chefinspektor Ibele wird inzwischen versuchen, mehr über die Umtriebe des Mordopfers zu erfahren.

Im Landesgerichtsgebäude trifft der Inspektor auf Frau Besenböck, die direkt vom Zürcher Flughafen nach Feldkirch gebracht worden ist. Sie weiß nun gar nicht, wohin sie sich wenden soll, die arme, sichtlich geknickte Frau Besenböck. Selbst ihre mallorquinische Wintersonnenbräune wirkt merkwürdig deplatziert. In ihr Haus droben am Heilandskogel bringen sie keine zehn Pferde, solange der Schwarzhals frei herumläuft. Überhaupt, der Schwarzhals, der Franzl, wie sie ihn nennt, der Franzl, der Depp, um genau zu sein!

„Was der Kai sich mit dem abgegeben hat! Aus der Hand hat ihm der Volldepp gefressen, wie wir hergezogen sind. Eh klar, weil der Franzl allen im Tal nur noch mit dem größten Misstrauen begegnet ist, mit allen zerstritten war. Wenn der keinen Verfolgungswahn hat, weiß ich auch nicht, was das sein soll." *Ich wüsste einen, der es dir erklärt, wie er allen alles erklärt*, möchte Ibele ihr zuflüstern, lässt es jedoch bleiben. „Stundenlang haben sie geredet miteinander, sind ganze Tage lang im Wald und auf den Bergen herumgelaufen, nächteweise in Franzls Hütte im Radonatobel oder im alten Bergwerk gesessen. Schnaps gesoffen haben sie – und die Welt gerettet. Nur sich selber haben sie nicht auf die Reihe gebracht, alle beide nicht. Der Schwarzhals hat keine Ruhe mehr gefunden, seit Jahren, hat alles den Bach hinunter gehen lassen. Und dann sein Indientick! Der hat dazu geführt, dass sich sogar die Anwälte vor ihm versteckt haben, zuletzt auch der in Schruuh. Sie wissen schon, einer, der sonst noch den größten Spinner ernst nimmt und sich sogar in den haarsträubendsten Fällen um Recht und Gerechtigkeit bemüht." Wieder einmal weiß Ibele nicht, was er da wissen sollte. Nur ein undeutliches Bild taucht vor ihm auf, von einem langmähnigen, bärtigen Gesellen mit großer roter Krawatte, der auf den zweiten Blick ein wohltuend anderes Bild vermittelt als seine geschniegelten Advokatenkollegen.

„Was hat es denn auf sich mit der Indien-Geschichte?“, fragt Ibele. *Nichts natürlich,* antwortet er sich selbst im Stillen und ist doch gespannt auf Frau Besenböcks Version.

„Eigentlich nichts, wenn es nach mir geht. Inzwischen – was nach 200 Jahren kein Wunder ist, oder? – inzwischen glaubt niemand mehr an das Maharadscha-Märchen, vor allem glaubt niemand mehr, es sei noch was zu holen. Ich bin mir nicht einmal sicher, ob der Franz je in Indien war. Sicher ist nur, dass er da drüben war.“ Sie zeigt über ihre Schulter nach hinten in Richtung des Gefangenenhauses. „Das war wohl sein Indien. Und morden und lügen und die Welt zu hassen, das lernst du dort auch, dafür muss keiner nach Indien fahren.“

„Wie ist das weitergegangen mit Ihrem Mann und Schwarzhals?“

„Es ist immer schwieriger geworden mit den beiden. Der Franzl war sowieso in seiner Welt und mein Mann hat sich mehr und mehr in die Denkmalsache hineingesteigert. Er wollte halt gutmachen, was sein Vater angerichtet hat. Da hat er sich aber die Zähne ausgebissen, denn die einen, der alte Vonderleu und seine Spießgesellen, haben ihm eingeredet, es gibt nichts gutzumachen, und die andern, wie der junge Armellini, haben ihm, wo es nur gegangen ist, Prügel zwischen die Beine geworfen. Es war keine gute Idee, das Haus am Heilandskogel zu kaufen. Hätte er auf mich gehört, dann würden wir jetzt in Mallorca am Strand sitzen, einen kühlen Lillet trinken und im warmen Wasser planschen.“ Pause. Ein langer, versonnener Blick aus dem Fenster in den trüben Feldkircher Nachmittag.

„Und?“, forscht der Inspektor.

„Und was? Wenn Sie mehr wissen wollen, müssen Sie in Kai-Augusts Büro nachschauen. Dort hat er sich verkrochen, das war seine Kommandozentrale, sein Befehlsstand, wie er gern gesagt hat. Vor drei oder vier Jahren muss außerdem etwas passiert sein im Bergwerk. Das waren die beiden ein paar Wochen lang sehr beschäftigt. Aber irgendwie habe ich das Gefühl, es ist etwas offen geblieben in der Sache, was auch immer es war. Nur einmal hat der Kai in der Stube eine alte Silbermünze liegen gelassen, wollte aber nichts dazu sagen. Mit mir hat er auch über die Dorfgeschichten nicht geredet, und das war mir recht so. Ich habe nur mitbekommen, dass er von Mallorca aus zwei, drei Mal mit dem Franz telefoniert hat Ende März oder Anfang April, so um die Karwoche herum.“

Das Angebot, sie vielleicht doch nach Hause zu begleiten und ein paar Männer ums Haus zu postieren, lehnt die Frau entrüstet ab. Sie will nicht in dieses Zuhause; sie bleibt in der Stadt, nennt Ibele den Namen des besten Hotels. Dorthin soll er sie bringen und sich telefonisch melden, wenn es Neuigkeiten gibt.

XXII.

soll der geier vergissmeinnicht fressen?
Hans Magnus Enzensberger

Erst wer weiß, dass er gesehen werden kann, kann es darauf anlegen, nicht gesehen zu werden.
Hans Blumenberg

Franz Schwarzhals, um den sich die Welt in diesen Stunden weitaus mehr dreht, als ihm lieb sein kann, nachdem sie sich vorher so gut wie nie um ihn oder seine Ansprüche gekümmert hat, kennt das alte Stollensystem wie wenige andere. Es finden sich darin Wege, um die er allein weiß, in die hinein er allein sich traut. Silbererz ist keines mehr zu holen, dafür ist das hier ein Ort, an dem ihm niemand ins Handwerk pfuscht. Von Kindesbeinen an war es ihm Spielplatz, Versteck und Lagerstätte in einem. Hier und auf seiner Alphütte hoch über dem Radonatal hat Schwarzhalsens Seele stets Unterschlupf gefunden, keinen besonders wirtlichen, wenigstens aber einen vor jeder Nachstellung sicheren. Er schickt sich an, den für Besucher zugänglichen Teil zu verlassen. Führungen finden erst im Sommer wieder statt, die Gefahr, entdeckt zu werden, ist jetzt daher gleich Null. Doch Schwarzhals geht noch einen entscheidenden Schritt weiter: Mit roher Kraft drückt er einen mächtigen Holzriegel zur Seite und öffnet eine schmale, unscheinbare Tür. Dahinter liegt ein ebenso schmaler, stockdunkler Gang. Mit derselben Kraft drückt er die Tür hinter sich wieder zu. Das hat er noch nie getan, denn sie ist von dieser Seite aus nicht mehr zu öffnen. Das dumpfe Geräusch, mit dem der Riegel draußen wieder einrastet, markiert den Punkt, von dem aus es keine Rückkehr gibt. Nun bleibt nur die Flucht nach vorne. Auch wenn Schwarzhals das anders nennt oder eigentlich nur mit einem die Hölle anrufenden Fluch quittiert. Noch nie hat er so genau gewusst, was zu tun ist, wie heute, wie seit dem vergangenen Dienstag. Mithin um genau einen Tag zu spät. Am Montag hätte er wissen sollen, wie er seinen Kopf retten kann mitsamt seinem Judaslohn. Seit er sein Haus verlassen hat in jener Nacht, liegt es nicht mehr an ihm, wohin der Weg führt. Von den Felswänden tropft es, die Luft ist eisig kalt. Nachdem er sich auf dem steil ansteigenden Pfad einige Hundert Meter in den Berg vorwärts getastet hat, bleibt er stehen und wartet, bis sein Atem ruhig und regelmäßig geworden ist. Hier muss es sein. Mit seinem Stock fährt er an der Wand entlang, bis er an etwas Hölzernes stößt. Wenig später flammt ein Streichholz auf und Schwarzhals entzündet eine Petroleumlampe, die auf einem kleinen Tischchen steht. Ihr flackernder Lichtschein erfasst einen winzigen Raum, an dessen Ende sich ein weiterer niedriger Gang öffnet. Das hier ist die wahre Herzkammer der zerfahrenen und sich ihrer Apokalypse zuneigenden Existenz des Franz Schwarzhals. Phönix oder Luzifer? Aufstieg oder Fall?

Mit sicheren Handgriffen packt er seinen Rucksack. Was er mitnimmt, muss ihn ebenso tragen, wie er sich abschleppt damit. Die Riemen schneiden ihm in die Schultern, er spürt es kaum. Zwei Gewehre hängt er sich um, einen schweren schwarzen Plastiksack legt er ganz unten in den Rucksack. Das ist sein Maharadschaschatz! Er wird ihn mit niemandem teilen. Vonderleu und Besenböck waren die ersten, die glaubten, ihm etwas davon abluchsen zu müssen. Sie haben es teuer bezahlt.

Nach einem langwierigen Fußmarsch durch die Dunkelheit eines feuchten Stollens werden erstmals schwache Geräusche vernehmbar. Sie gehören zum eben erwachenden neuen Tag – endlich liegt er dem Marschierer quasi zu Füßen. Tief unter ihm fließt der Radonabach, die Autostraße folgt ihm, an der gegenüberliegenden Talseite ziehen sich die Geleise der Westbahn entlang. Dort drüben ist Schwarzhals' Ziel. Es liegt im Nebel, dennoch zeichnet sich der Weg für den zu allem Entschlossenen deutlich ab. Wenn nur die Talsohle überschritten ist, wenn nur das Dorf endlich hinter ihm bleibt, dann ist er fürs Erste gerettet. Droben auf Mähren holen sie ihn nicht! Schritt für Schritt beginnt er nach einer kleinen Stärkung, die er noch im Schutz der Höhle eingenommen hat, in der sein Weg aus dem Berg endet, mit dem Abstieg.

XXIII.

Sechster Tag. Sonntag, 19. April 2015

In diesem republikanischen Land, wo das gesellschaftliche Leben auf und ab wogt, ist immer jemand am Ertrinken.

Nathaniel Hawthorne

Gott richtet nach des Herzens Grund.

Martin Luther

Auch den Hüttenwirt der Spullerseehütte hat der zeitige Frühlingsbeginn früher als sonst dazu veranlasst, nach dem Rechten zu sehen, wird es doch bald Zeit, die neue Saison einzuläuten. Noch immer hat der Winter die Berge fest im Griff, doch rund um den See verschwindet der Schnee rasch, besonders an der Sonnenseite. Spätestens in zwei Monaten geht es los. Dann kommen die Forellenfischer, die Mountainbiker, die Wanderer und Bergfexe. Am liebsten sind ihm die Fischer, das sind stille, geduldige Gesellen und ihr Fischerlatein ist noch eine der erträglichsten Arten, sich selbst das eigene Tun und die Welt schönzureden. Heute rührt sich noch nichts, nicht einmal Skitourengeher sind bei diesem Wetter unterwegs. Der See liegt ruhig und graugrün. Unheimlich ist er an solchen Tagen und natürlich eiskalt, kein Badesee, definitiv nicht. Höchstens im Sommer, wenn es über Tage hinweg wirklich heiß ist, wagen sich ein paar ganz Verwegene hinein. Heute möchte er es niemandem anraten. Das alte Ruderboot, das endlich ausgetauscht oder wenigstens ausgebessert gehört, liegt an seinem morschen Steg. Wenigstens den museumsreifen Anker samt der viel zu langen Kette hätte man im Herbst noch ins Trockene holen sollen. Mit ihm wird das Boot im Sommer ein paar Meter vom Ufer entfernt fixiert, um die besonders Witzigen und Wagemutigen davon abzuhalten, Ausflüge auf den See zu unternehmen. Der Winter hat dem Zeug nicht gut getan.

Für den Hüttenwirt ist es an der Zeit, die Fensterläden des großen Hauses zu öffnen, gründlich zu lüften und den Wintermief zu vertreiben. An der Nordseite ist selbst zur Mittagsstunde noch alles mit einer dünnen Schicht Eis überzogen, aber nach Süden zu lässt sich der Zauber erahnen, den im Sommer der weite Blick über den See und auf das wunderbare Bergpanorama seit über zwanzig Jahren auf ihn ausübt. Zumal hier, im ersten Stock, bietet sich ein kolossales Bild. Engelbert, der Hüttenwirt, atmet tief die frische, feuchte Luft ein und genießt die Stille. Er mag diese mystische Stimmung, wenn der Nebel an den Hängen entlangschleicht. Da fällt ihm ein Punkt auf, der sich rechts drüben durch die lange Rinne auf den See zu bewegt. Ein Steinbock? Nein, so schleicht kein Steinbock durchs Gelände, so zögerlich und so langsam. Schnell das Fernglas holen, das immer griffbereit in der Gaststube hängt. Wo ist er jetzt, der Punkt? Verschwunden. Also doch ein Gams- oder Steinbock oder eines von den armen gejagten Rehen, ein Hirsch vielleicht sogar, der vor den schießwütigen Jägern flieht. Oh! Da ist er wieder. Und jetzt ist es kein Punkt mehr, auch kein Steinbock. Es ist ein Mensch, ein Jäger vielleicht im grünen Gewand mit umgehängter Flinte, einen langen Stock in der Rechten und einen großen Rucksack auf dem Buckel! Durch das Glas ist er deutlich zu sehen. Ein wilder, bärtiger Geselle, der geradewegs auf den See zusteuert. Alle paar Meter bleibt er stehen und rastet, schaut zurück, als säßen ihm irgendwelche

Verfolger im Genick. Dabei ist keine Menschenseele zu sehen. Zwei Gewehre hat der sogar dabei, und aus dem Rucksack lugen die Spitzen eines Geweihs hervor! Ein Wilderer mag das sein, die sind ebenso wenig auszurotten wie die Wölfe. Engelbert überlegt sich, was er tun soll. Die Polizei anrufen? Die werden sich schön bedanken, bis sie da sind, ist der Kerl eh über alle Berge, wenn er will. So beschließt er, abzuwarten, zu beobachten. Schon ist der Waldgänger auf Rufweite ans Haus herangekommen und steuert auf den Steg zu, an dem, halb ans Ufer gezogen, das morsche Ruderboot festgemacht ist. Warum ist es nicht im Herbst schon zersägt worden? Jaja, der erste Schnee hat es früh zugedeckt und dann sind andere Sachen wichtiger gewesen.

„He Alter, lass das Boot in Ruhe! Das gehört dir nicht und mit dem kommst du nicht weit!“, ruft Engelbert dem Wildschützen zu, der sich soeben daran macht, das Schinakel ins Wasser zu schieben. Wozu das gut sein soll, würde er auch gerne wissen. Statt zu antworten, sieht sich der Bärtige nach dem Rufenden um. Keine gute Idee, dass Engelbert sich weit aus dem Fenster lehnt und mit heftigem Winken auf sich aufmerksam macht.

Im Handumdrehen reißt der unfreundliche Ruderer das Gewehr hoch. Instinktiv duckt sich Engelbert. Schon kracht ein Schuss, dessen Echo hundertfach von den Hängen ringsum widerhallt. Und noch einer. Hinter dem auf dem Boden Liegenden splittern Holz und Glas. Was für ein verdammter Narr ist da am Werk? Engelbert lässt ein paar Minuten verstreichen, besieht sich den Schaden. Womit bitte hat der geschossen? Mit einer Panzergranate oder was? Und wo ist das blöde Telefon? Drunten in der Gaststube. Hätte er doch gleich die Polizei angerufen! Der Türrahmen des Zimmers hat einen Volltreffer abbekommen, die Decke den zweiten. Von der massiven Holztür ist nicht viel mehr übrig als Kleinholz, das meterweit in den schmalen Gang hinein verstreut liegt. Von der Decke hängen Fetzen von Rigips und elektrische Leitungen – gut, dass der Strom im Haus noch abgeschaltet ist. Endlich wagt es der Hüttenwirt, über den Fenstersims zu schielen.

Der Ruderer ist bereits mitten im See angelangt, also gut 500 Meter vom Ufer entfernt. Der undichte Kahn ist weit über seine ursprüngliche Wasserlinie abgesoffen. Sicher steht das Wasser mindestens knöchelhoch auf den kaputten Planken. Aufrecht steht der Wildschütz im Boot und ist soeben im Begriff, im hohen Bogen etwas ins Wasser zu schmeißen: seinen dicken Rucksack, aus dem, wie Engelbert im Fernglas nun deutlicher sieht, ein Geweih ragt. Warum wirft der seinen Rucksack ins Wasser? Sogar den gusseisernen Anker hat er daran gebunden. Schon fliegen Rucksack und Anker durch die Luft.

Das gibt es doch nicht! Was ist denn jetzt los? Mit einem Ruck reißt es den Mann in die Höhe. Er taumelt, versucht, sich irgendwo festzuhalten, aber da ist nichts zum Festhalten. Einen unmenschlichen Schrei ausstoßend, stolpert er einen Schritt nach vorne und einen zur Seite, eigenartig ungeschickt, als wären seine Füße gefesselt, dann kippt der Seefahrer über die niedrige Bordwand in die graugrüne Flut. Engelbert steht am Fenster und presst sich das Fernglas ins Gesicht, dass es weh tut. Er wartet. Die Zeit steht still, aber nur für den Zuschauer! Der Kerl sollte langsam wieder auftauchen, wenn ihm sein Leben lieb ist! Nichts taucht auf außer ein paar Luftblasen. Mit wachsenden Ringen kehrt Ruhe ein rund um das verdächtig schräg im Wasser liegende Boot. Das Wasser liegt wieder glatt und grau. *Still und starr ruht der See*, geht es Engelbert durch den Kopf, was ihm selbst unpassend scheint. Nichts rührt sich. Eine Minute, zwei Minuten, fünf Minuten. Nichts. Der Jäger ist und bleibt verschwunden. Weg.

Zehn Minuten sind seit seinem Abgang vergangen. Lebendig holt den niemand mehr aus seinem nassen Grab. Schwierig genug wird es sein, ihn zu finden, geht es an der Stelle doch gut und gern 50 Meter hinunter. Umso schwieriger, als jetzt auch das Schinakel wie eine kleine Titanic den Bug steil aufrichtet und nach kurzem Kampf sang- und klanglos absäuft.

Was sich der Hüttenwirt seitens der Lecher Polizeiinspektion anhören muss, ist nicht wirklich nett. Doch er versteht den Unglauben der Beamten, die aus ihrer nachsaisonalen Sonntagsruhe aufgestört werden. Auch ihre Ratlosigkeit leuchtet ihm ein. Schließlich versprechen sie, sich auf den Weg zu machen und die Kriminaler sowie die Bergrettung zu verständigen.

„Die Wasserrettung werden wir eher brauchen, Leander“, präzisiert Engelbert. Den Hinweis, dass das dauern kann, nimmt er gelassen. Brauchen wird es noch mehr, denkt er sich, als er die Verwüstung im ersten Stock genauer unter die Lupe nimmt: Handwerker und Zimmerleute nicht zuletzt.

XXIV.

Der intime, tiefgreifende Unterschied zwischen einer Kirche und jedem anderen Gebäude legte zwischen sie und alles, was in ihre Nachbarschaft gelangen konnte, eine Eigenart, die für mich nichts zu überwinden vermochte.

Marcel Proust

Ein sonntägliches Mittagessen ist per se etwas Feierliches, auch unter so prekären Umständen, wie es laufende Morderhebungen sind, zumal in ihrem Endstadium. Daran, am Feierlichen, hält Ibele seit Kindertagen fest. So leicht lässt er es sich nicht nehmen, diese Momente mit seinem Rösle allein zu zelebrieren. Wenn die Kinder und erst recht die Enkel Woche für Woche die Einladungen ausschlagen, weil sie den Sonntag zum Ausschlafen brauchen, bitte. Seines ist das nicht und wird es nie sein! Noch nie hat etwas ihn davon abzubringen vermocht, an einem Tag der Woche nachzuholen, was vorher sechs Tage lang zu kurz gekommen ist. In erster Linie sind das die Muße, der Geist und eben das Essen. Der Alarmruf jedoch, der kurz vor halb zwölf Uhr vormittags ergeht, duldet keinen Aufschub. Cassoulet hin, Cassoulet her – auch wenn es kurz vor der Vollendung steht, Backrohr aus, Herd aus, Outdoor-Klamotten an. Eine Selbstversenkung im Spullersee sowie die Beschreibung des Opfers passen haargenau in das Schwarzhals-Profil. Hat Baldreich nicht gestern schon so etwas angedeutet? Woher nimmt der seine Ahnungen? Somit fällt der Sonntagsschmaus nicht ins Wasser, aber vorläufig aus. Zehn Minuten nach dem Alarm fährt Baldreich mit dem Dienstauto in der Thalbachgasse vor und rast so schnell, wie es die Polizei aus gutem Grund nur sich selbst erlaubt, in Richtung Brunnenthal. Dabei trotzdem noch vom einen oder andern unbelehrbaren Tempobolzer überholt zu werden, empört den beschaulichen Gleiter Ibele einigermaßen. Eine Zivilstreife wird in Kürze für Ordnung sorgen auf der A 14.

Es ist alles andere als ein gutes Gefühl, mit dem Ibele am Ufer des milchig-grünen Rodalber-Stausees hinter dem weit in den See ragenden gigantischen hölzernen Verwaltungszentrum der Ländle-Elektrizitätsgesellschaft in den Hubschrauber steigt. Es ist vielmehr ein echtes Scheißgefühl. Nicht nur wegen der tiefhängenden Wolken und der Nebelfetzen, die einem um die Ohren fliegen, sobald das Gerät halbwegs an Höhe gewinnt. Auch wegen des Kahns, der an den Helikopter angehängt wird: Was für eine Last! Es nutzt nichts. Auf die Schnelle war an Brauch- und Schiffbarem für die anstehende Leichenbergung beim besten Willen nichts anderes aufzutreiben gewesen als ein veritables Kleinod aus Holz, eines, das auch auf den Kanälen von Venedig oder in der Bucht von Capri eine ausgesprochen gute Figur machen würde, ein echtes Riva-Taxi, von den Stromleuten zu Repräsentationszwecken am firmeneigenen Stausee stationiert! Vom Oberst in hemdsärmeliger Das-wäre-ja-gelacht-Manier mithilfe seines Kumpels, des Vorstandsdirektors Christopher Alleman, startklar gemacht. Irgendetwas Seetaugliches musste es einfach sein – und schnell auch noch.

Man könne ja schließlich nicht einen Dampfer der Bodenseeflotte über den Berg hinaufziehen lassen, die „Stadt Bludenz“ vielleicht oder gleich die gute alte

„Montafon“, erklärt der Oberst seinem Chefinspektor am Telefon! Und das nicht nur mangels williger Ureinwohner oder Statisten! Auch fehlt dem Herrn Oberst entschieden die Verrücktheit des Brian Sweeney Fitzgerald, genannt Fitzcarraldo.

„A te, o cara“, trällert der Inspektor dennoch vor sich hin, als befände er sich auf den Spuren des irren Opernfreaks am Amazonas, wie um die bösen Geister der Lüfte und des Wassers gleichzeitig zu besänftigen. Der Flug ist kurz und bis auf den Blick zwischen den verhangenen Gipfeln hindurch zum Glück wenig spektakulär. Der Pilot lässt die smarte Yacht sogleich zu Wasser. Über einen baufälligen Steg gelangt Ibele mit dem ungeduldig wartenden Lecher Ortspolizisten Leander Steinbeiß und zwei Tauchern der Wasserrettung, Ortsgruppe Bludenz, die bereits wie aus dem Nichts aufgetaucht in voller Montur am Ufer warten, trockenen Fußes an Bord, was für Letztere nicht so wichtig ist wie für ihn selbst. Mit an Bord ist natürlich auch der Eigner Dr. Alleman, denn ein solches Schmuckstück kann und vor allem darf nicht jeder steuern. Zielsicher peilt er mittels allerhand ausgefeilter Elektronik die auf einer verknitterten Militärkarte eingezeichnete Stelle an, was genauso gut mit freiem Auge zu bewerkstelligen gewesen wäre. Ohne lange zu fackeln gehen die Wassermänner rücklings über Bord. Ibeles Gefühl ähnelt jetzt dem im Hubschrauber verspürten. Auf die etwas späte Frage des Steuermanns, was man genau eigentlich suche, antwortet Ibele ungern, weil er nicht sagen kann, was ihm auf der Zunge – oder besser: im Magen – liegt.

„Einen Toten“, informiert er so knapp wie möglich.

„Was tut der da in dem See?“, will der Direktor mit einer großen Portion Ironie wissen.

„Tot sein.“ Zu mehr kann sich Ibele nicht überwinden. Nach einer kleinen Ewigkeit kommt, keine zehn Meter vom Boot entfernt, Bewegung ins Wasser und einer der Taucher erscheint an der Oberfläche.

„He, ihr Schlafmützen, das Seil!“, ruft er forsch der Bootsbesatzung zu und reicht ein glitschiges Tau-Ende ins Boot. Sie sind also fündig geworden. Ibele weiß nicht, ob er froh sein soll. Es wird ernst! Mit einem langen Haken in der Hand taucht Daniel, der Boss offenbar, wieder ab. Die längste Zeit gibt nichts als eine lange Reihe von aufsteigenden Luftblasen Kunde von seinem Tun. Zeit, die sich für den Wartenden schier endlos dehnt. Der Bootsmann ist derweilen damit beschäftigt, sein blank poliertes Mahagonischiffchen mit Decken und Planen halbwegs gegen die zu erwartende Sauerei zu wappnen. Schon kündigt sie sich mit verstärktem Blubbern und einem dreimaligen kurzen Zerren am Seil an. Es wirkt auf Ibele wie drei kurze Schläge an die Pforte des Unglücks.

„Ho Ruck!“, gibt er Steinbeiß und dem Möchtegernreeder, der wegen seiner für solche Aktivitäten völlig untauglichen Feiertagsklamotten vorerst nur zögerlich zugreift, den Rhythmus vor.

„Wie weit geht es denn hier hinunter?“, fragt der Inspektor seinen Kollegen, nachdem sich bereits etliche Meter des nassen, algenverschmierten Seils an Deck ringeln.

„Weit genug zum Ersaufen! Dreißig, vierzig Meter werden es sein“, lautet lapidar die Antwort. Plötzlich ragt ein nackter, verunstalteter Fuß aus dem mit schwarzen Schlieren durchsetzten Wasser. Daneben erscheinen die Köpfe der beiden Taucher, die fast wie Synchronschwimmerinnen mit identischen Bewegungen ihren Schnorchel abnehmen, nur dass darunter nicht das unsägliche Grinsen ihrer Kolleginnen zum Vorschein kommt.

„Ho Ruck!“, feuert Ibele an, woraufhin der Kapitän seinerseits das Seil loslässt und vorschlägt, die Beute ans Ufer zu ziehen, statt sie aufs Boot zu hieven. Dem stimmt der Inspektor gerne zu. Nach kurzer Fahrt wird das Boot wieder am Steg vertäut und der Tote am Seil ans flache Ufer gezogen. Es ist kein schöner Fang, der sich nach und nach von der Sohle bis zum Scheitel den Blicken bietet. Barfuß, aber ansonsten in der vollen Montur eines Jägers liegt schlussendlich ein gut sechzigjähriger Mann auf dem groben Kies. Um das linke Bein ist oder hat sich eine mehrere Meter lange Ankerkette gewickelt. An ihrem nach längerem Ziehen auftauchenden Ende kommt der Anker zum Vorschein, allerdings ohne den Rucksack. Auf dessen Fehlen weist der Hüttenwirt aufgeregt hin. Die rechte Hand des Toten klammert sich mit eisernem Griff um das Geweih eines Zwölfenders, die linke scheint noch immer an der Kette zu zerren.

„Was ist denn da los?“, rätselt der Kollege Leander.

Für den Inspektor liegt die Antwort nahe, auch wenn er die dazugehörige Frage noch gar nicht gestellt hat. Weil Antworten auf nicht gestellte Fragen von jeher das Ziel seines Denkens sind, gibt er dem Kollegen ein Zeichen, ihm zu folgen.

„Ausschauen tut das wie ein typischer Freizeitkapitäns-Unfall: Er wirft den Anker im hohen Bogen über Bord und übersieht, dass er mit dem Fuß in der Schlinge steht. Da gibt es dann kein Halten mehr. Noch sicherer ist nur ein Mühlstein um den Hals. Auf diese Weise, habe ich mir von einem Kundigen sagen lassen, kommen mehr Hobby-Bootsführer ums Leben als durch Sturm oder Haiverbiss.“

Leander mag es nicht glauben, doch der hinzugetretene Direktor äußert grinsend und ungefragt seine Zustimmung: „Ja, Haiverbiss ist relativ selten hier heroben. Aber können sollte man es auch, nicht nur gern tun.“ Soso: Humor hat er auch noch!

„Hast du eine Ahnung, wer der Typ ist? Ist es der Radonataler?“, forscht Steinbeiß.

„Allerdings“, antwortet Ibele, während er sich daran macht, die Taschen des Toten zu durchsuchen. Er findet genau nichts. Das genügt fürs Erste. Deutlich mehr als alle Papiere und Ausweise spricht der rechte Fuß für den Toten, wenigstens für seine Identität: Außer der Ferse ist da nur mehr wenig im Originalzustand, und auch die hat schon bessere Zeiten erlebt. „So schauen Radonataler nach der Tigerjagd aus“, sagt Ibele zu seinem Kollegen. „Abführen!“, ergänzt er mit einer Geste auf den heranrumpelnden, auffällig dezenten grauen VW-Bus.

„Wie, abführen?“, äfft ihn der Polizist unabsichtlich nach.

„Standesgemäß am besten. Der Marent aus Schruuh erledigt das, schau nur“, belehrt ihn Ibele angesichts der mit grauen Arbeitsmänteln und schwarzen Schirmmützen angetanen Bestatter.

Nicht so leicht ist die verbleibende Aufgabe der Taucher, denn natürlich will Ibele den Rucksack haben. Warum sollte ihn der Ertrunkene so schwungvoll versenken, wenn er nicht Dinge enthält, die Aufschluss geben über sein vorangegangenes Tun?

Eh klar, dass er sich die tiefste Stelle ausgesucht hat – gut 50 Meter tief. Eiskalt und stockdunkel ist es da unten. Nein, heute ist nichts mehr zu machen. Es muss erst noch Ausrüstung heraufgekarrt werden, Sauerstoff, Lampen, und vor allem Verstärkung. Wie sehr es denn den Herren pressiere, fragen die Froschmänner, sichtlich darum bemüht, so schnell wie möglich ins Trockene zu kommen, wohin sie der Hüttenwirt eingeladen hat.

Ja, wie sehr pressiert es in so einem Fall? Überhaupt nicht, wenn man ehrlich ist. Am ehesten pressiert es denen, die mit der Sache nichts zu tun haben. Denen, die mit kleinen gelben Flitzerchen durch das Land sausen, um ihre nach Neuigkeiten gierende Kundschaft zu bedienen. Das hat Ibele auch noch nie verstehen wollen: Wenn er sich dick Butter auf seine Frühstückssemmel streicht, glaubt jeder, ihn wegen des sorglosen Umgangs mit Cholesterin tadeln zu müssen und zu dürfen. Wie steht es aber andererseits mit all denen, die sich zum Frühstück alles Unglück der Welt vorsetzen lassen, um es nach dem Umblättern schneller zu vergessen, als sie ihren Kaffee hinuntergeschluckt haben? Glaubt wirklich jemand, das sei gesünder oder auch nur verantwortungsvoller? Was ist mit jenen, die meinen, sich ausreichend mit der Welt auseinandergesetzt zu haben, wenn sie morgens am Küchentisch die wenn auch nur mäßig reißerischen Überschriften und bunten Fotos des Vorarlbergboten überfliegen, um dann zu ihrem von Selbstgerechtigkeit strotzenden kleinbürgerlichen Alltag mit Rasenmähen, Kartenspiel und Stammtisch überzugehen?

„Ihr solltet Anfang der Woche wenigstens einmal vor Ort sein“, wendet sich Ibele an die Taucher, „um euch von den Presse- und Fernsehleuten fotografieren und filmen zu lassen. Ich kann das gerne arrangieren, wenn ihr wollt. Ob es dann ein paar Tage länger dauert oder nicht, spielt für mich keine Rolle. Wir haben vorerst Arbeit genug mit dem, was bis jetzt geschehen ist. Und lebendig wird von denen keiner mehr."

„Im Frühsommer wird bei der Revision des Sees das ganze Wasser abgelassen. Sollen wir gleich so lange warten?" Der Hüttenwirt weiß Bescheid, die Wasserretter nicken zustimmend. Ein richtiges Herzensanliegen scheint die Planscherei für die Männer nicht zu sein; verständlich, oder? Wenn eh nichts mehr zu retten ist.

„Ich werde das im Kommando klären, morgen Früh melde ich mich. Schönen Tag, meine Herren!"

XXV.
Un poco maestoso. Ma non troppo. Nix allegretto.

Für den Rückweg verzichtet Ibele auf die Fliegerei. Viel lieber nimmt er den großen Bogen in Kauf, den die Fahrt mit Steinbeiß nach Lech bedeutet. Gut, zum Bahnhof in Langen lässt er sich gerne chauffieren, schon um einen Blick auf die riesige Baustelle oberhalb von Stuben zu werfen, wo in gewagten Kehren über einen steilen Hang die Passstraße aufwärts gezogen wird. Grandios ist das. Am Langener Bahnhof wartet Ibele auf den nächsten Schnellzug nach Bregenz, der in einer guten halben Stunde eintreffen wird. Abgesehen von einem jungen Pärchen ist der Bahnhof menschenleer und verlassen. So könnte es vor 130 Jahren hier gewesen sein, als die Arlbergbahn eröffnet worden ist, so still und irgendwie erhaben, das Menschenwerk inmitten einer rauen und gleichgültigen Natur. Die beiden jungen Leute, Australier, sind auf der Heimreise von ihrem Saisonjob am Arlberg, wenn Ibele richtig versteht, wovon sie reden. Der Inspektor beneidet sie nicht um den langen Weg, der vor ihnen liegt, nicht um den in ihre Heimat, nicht um den Lebensweg; auch wenn sie beides mit einer Unbeschwertheit anzugehen scheinen, die Ibele Anerkennung und Respekt abringt. Zu mehr allerdings reicht es nicht. Schwarzhals' nasses Ende legt sich als dunkle Folie über das fröhliche Lachen und Turteln der beiden. Bewundernswert gleichwohl ist das Vertrauen, mit dem sie sich samt ihrem Berg an Gepäck auf den Weg machen, die Keckheit, mit der sie der Welt Paroli bieten, durchgestylt von der Pudelmütze bis zu den dicken Jacken mit poppigen Mustern und Chiemsee- und Zimtstern-Aufschriften, die Ibele nicht so recht einzuordnen weiß. Großartig, nicht nur im Vergleich mit Schwarzhals' elendem Scheitern, wie sie in ihre bunten Boarderklamotten eingepackt alle Herausforderungen des Lebens vor sich hertreiben, gleich einer Herde auf die Weide drängende Schafe. In all dem sieht Isidor eine gute Basis, um durchzustarten. Eine bessere jedenfalls, als sie dem in seinem Tobel eingeklemmten Radonataler gegeben war.

Schließlich kommt Ibele nicht mehr umhin, die Einladung zur Konversation anzunehmen, die von den beiden ausgeht. Sein miserables Englisch macht die Sache etwas kompliziert, denn die Deutschkenntnisse der Snowboarderlinge sind auch nicht riesig. Dennoch ist einiges zu erfahren. Als Snowboardlehrer waren sie tätig im vergangenen Winter.

„A great season in your wonderful mountains!" Das versteht Ibele.

„And you, was ist deine profession?", fragt die junge Dame mit zauberhaftem Lächeln.

„Oh, i am a wanderer", versucht Ibele sich, auf die Glaubwürdigkeit seiner Erscheinung hoffend, spontan aus der Affäre zu ziehen.

„Just a wanderer?", hakt der junge Mann ungläubig nach.

„Yes, a wanderer, looking for ... äh ... die Wahrheit."

„Wahrheit? You mean truth? Oh my god: Bist du a philosopher, oder was? Die Wahrheit gibt es nicht, my friend, and wenn schon, glaub mir, you don't need it. Weil die Welt hat wonderful girls", doziert der durch und durch verliebte Wintersportler und schmiegt sich demonstrativ an seine in der Tat entzückende Begleiterin.

No truth: Du brauchst keine Wahrheit! Das muss man sich sagen lassen von einem Zwanzigjährigen. Das Schönste daran: Es ist ihm, wenn man das Herz frei sprechen lässt, zuzustimmen: Keine Wahrheit im Leben. Falls es sie doch gibt, brauchst du sie nicht. So einfach ist alles. Das wird er dem Rösle erzählen, und es wird ihm gefallen. Sogar der Railjet ist pünktlich auf die Minute. Alles einsteigen, Zug fährt ab. Bitte Vorsicht: Die Türen schließen automatisch. Hey, Ibele, keep on! Entspann dich wieder!